T0275052

Almas honestas

Primera edición: septiembre de 2022
Título original: *Anime oneste*

© de la traducción, Elena Rodríguez, 2022
© de esta edición, Futurbox Project, S. L., 2022
Todos los derechos reservados, incluido el derecho de reproducción total o parcial en
cualquier forma.

Diseño de cubierta: Taller de los Libros
Imagen de cubierta: *By the Fireside,* de Henry Salem Hubbell - Wikimedia Commons
Corrección: Francisco Solano, Isabel Mestre

Publicado por Ático de los Libros
C/ Aragó, 287, 2.º 1.ª
08009, Barcelona
info@aticodeloslibros.com
www.aticodeloslibros.com

ISBN: 978-84-17743-32-1
THEMA: FBC
Depósito Legal: B 18273-2022
Preimpresión: Taller de los Libros
Impresión y encuadernación: Liberdúplex
Impreso en España – *Printed in Spain*

El presente proyecto ha sido financiado con el apoyo de la Comisión Europea. Esta
publicación (comunicación) es responsabilidad exclusiva de su autora. La Comisión no
es responsable del uso que pueda hacerse de la información aquí difundida.

 Cofinanciado por el
programa Europa Creativa
de la Unión Europea

Almas honestas

Novela familiar

Grazia Deledda

TRADUCCIÓN DE
ELENA RODRÍGUEZ

ÁTICO DE
LOS LIBROS

BARCELONA - MADRID

GRAZIA DELEDDA
(1871-1936)

Grazia Maria Cosima Damiana Deledda, conocida como Grazia Deledda, fue una novelista y poeta italiana que ganó el Premio Nobel de Literatura en 1926. Fue la segunda mujer en recibir este galardón, después de la sueca Selma Lagerlöf.

Deledda nació en la localidad de Nuoro, en la isla de Cerdeña, el 28 de septiembre de 1871, en el seno de una familia numerosa y acomodada. Su padre, Giovanni Antonio Deledda, licenciado en Derecho, no ejerció como abogado, sino que fue un pequeño empresario y terrateniente, además de poeta aficionado, y el alcalde de Nuoro en 1892.

Su madre, Francesca Cambosu, fue una mujer muy religiosa que educó a sus siete hijos —Grazia fue la quinta— siguiendo la moral religiosa de forma estricta. Dado que las costumbres de la época dictaban que las niñas solo podían cursar la escuela primaria, tras completar estos estudios Deledda recibió clases particulares del profesor Pietro Ganga, docente de lengua italiana, latín y griego, que además hablaba francés, alemán, portugués y castellano. Más adelante, Deledda continuó con su formación de manera autodidacta.

Grazia Deledda tuvo que enfrentarse a la sociedad para dedicarse a las letras, y es que en la pequeña y cerrada Nuoro, el destino de la mujer no iba más allá de «hijos y casa, casa e hijos».

Empezó a destacar como escritora con la publicación de algunos relatos en la revista *L'ultima moda* y se considera que su primera obra de éxito fue *En el azul* (1890). Cinco años después, en 1895, publicaría otra de sus obras destacadas, *Almas honestas.*

En 1899, Grazia Deledda conoció a Palmiro Medesani, funcionario del Ministerio de Economía y Finanzas, con quien se casó al año siguiente y con quien tendría dos hijos. El matrimonio se trasladó poco después a Roma y Medesani dejó su empleo como funcionario para acompañar y asistir a su esposa en su labor como escritora. De hecho, Medesani estableció contactos con autores y editoriales del extranjero para conseguir que las obras de Deledda se tradujeran y se publicaran en otros idiomas, por lo que se erigió en una especie de precursor de los agentes literarios.

Su obra recibió los elogios de escritores como Luigi Capuana y Giovanni Verga, entre otros, y en 1926 recibió el Premio Nobel de Literatura por «sus escritos de inspiración idealista que retratan con claridad plástica la vida en su isla natal y tratan con profundidad y simpatía los problemas humanos en general», según el Comité del Premio Nobel de Literatura. El veredicto despertó recelos entre escritores contemporáneos por el hecho de que hubiera sido ella, una mujer, la ganadora.

Además de novelas y poesía, Deledda también escribió algunas obras de teatro y debutó como dramaturga en el teatro Argentina de Roma con *La hiedra,* basada en su novela homónima.

Deledda fue un exponente del realismo y supo plasmar la decadencia de algunas familias de la época. En su narrativa retrata la ética patriarcal en el entorno sardo y en las vivencias de sus personajes se revela una visión sobre el amor, el dolor y la muerte sobre la que planean el sentido del pecado, la culpa y la consciencia de una inevitable fatalidad. También existe un vínculo muy fuerte entre los lugares y los personajes y entre sus estados de ánimo y el paisaje. Asimismo, otros temas muy presentes son el bien y el mal, el sentimiento religioso y una ambientación muy realista en su Cerdeña natal, que, gracias a sus vívidas y poéticas descripciones, se convierte prácticamente en un personaje más de sus novelas.

Deledda pasó de escribir en sardo a hacerlo en italiano, una lengua que le permitiría alcanzar un público mayor, tanto en su país como en el extranjero. Sin embargo, la propia Deledda reconocía que, por mucho que leyera en italiano, lo escribía mal, y es que estaba acostumbrada al sardo y a sus estructuras, pero logró tender un puente entre las dos lenguas que la acabó consagrando como una de las escritoras italianas más destacadas del siglo xx.

Algunas de sus novelas se adaptaron al cine, y es que sus descripciones y narraciones tienen un ritmo muy cinematográfico. Destacan películas de sus obras más conocidas como *Cenizas, La hiedra, Amor rojo, Cañas al viento* o *Prohibido,* esta última dirigida por Mario Monicelli.

En sus últimos años de vida, Grazia Deledda sufrió un tumor en el pecho, pero no dejó de escribir hasta el final de sus días. Falleció en Roma en 1936. Inicialmente, la enterraron en el cementerio comunal monumental Campo Verano, pero en 1959 sus restos se trasladaron a su Nuoro natal por petición de sus familiares. Desde entonces, descansan en la iglesia de la Virgen de la Soledad, a los pies del monte Ortobene.

ÍNDICE

La llegada

Tras la muerte de la anciana doña Anna, una vez arreglados los asuntos, Paolo Velèna se hizo cargo de su pequeña sobrina y, como se había acordado, se la llevó a Orolà con su familia.

Orolà era una pequeña subprefectura sarda de la provincia de Sácer. Ciudad muy floreciente en la época de la dominación romana, decayó posteriormente con la incursión de los sarracenos, resurgió bajo la soberanía de los Barisono, jueces o reyes de Torres, y mantuvo su grandeza hasta la abolición del feudalismo en Cerdeña, que se produjo en la primera mitad de este siglo.

En el censo de las poblaciones sardas realizado por Arrius, ilustre habitante de la localidad de Ploaghe que visitó las cuarenta y dos ciudades de la isla en la época del cónsul Marco Tulio Cicerón (116-43 a. C.), Orolà tenía una población de cien mil habitantes entre las zonas urbanas, los castillos y las aldeas sometidas, y Antonino de Tharros, en la relación de los saqueos sarracenos, habla de grandes vestigios que los romanos dejaron en Orolà, entre los que se encuentran magníficas termas, construidas bajo el pretor M. Azio Balbo. Actualmente, Orolà no conserva ningún recuerdo de la dominación romana, excepto en el dialecto latino, y apenas llega a los seis o siete mil habitantes. El único monumento es la Santa Cruz, una antigua iglesia pisana que data del año 1100, con frescos de Mugano, pintor sardo del siglo xvii.

Los alrededores de Orolà están formados por paisajes muy hermosos y las montañas de granito delinean su horizonte. Entre las familias más conspicuas de esta agradable y original ciudad figuraban, y figuran, los Velèna, gente acomodada descendiente de una rama de los sardos «principales».

Los sardos principales son los miembros de las familias más poderosas y adineradas del pueblo, en su mayoría vestidos con trajes y apegados a las viejas tradiciones.

Pero los Velèna, que poco a poco se habían convertido en burgueses, vestían como caballeros, impecablemente, y la civilización estaba más que presente en su hogar. No era una verdadera familia señorial, pero estaba muy alejada de la vida, las costumbres y los prejuicios del pueblo: no se permitía el lujo inútil de un salón de estar, pero todas las habitaciones estaban elegantemente amuebladas, y las señoritas, a pesar de ser sencillas amas de casa, seguían la moda y se relacionaban con la sociedad señorial de la ciudad.

De los hermanos, uno estudiaba y el otro era agricultor. Paolo Velèna, el cabeza de familia, también era agricultor, como todo buen terrateniente sardo, pero sobre todo era comerciante e industrial.

Su hermano Giacinto, en cambio, había estudiado. Tras licenciarse en Medicina y ser destinado como médico a un pueblecito meridional de la región de Logudoro, se casó con una joven noble que no era muy rica. De este matrimonio nació otro: entre don Andrea Malvas, hermano de la mujer de Giacinto, y una hermana de los Velèna, muchacha frágil y nerviosa que, tras recibir la noticia de la muerte de su marido, asesinado por venganzas políticas, murió de miedo y horror y dio a luz prematuramente a una niña.

Annicca, la pobre niña nacida antes de tiempo bajo tan tristes auspicios, se quedó con la anciana doña Anna, su abuela, una mujer severa y triste encerrada en un luto eterno, casi trágico, como es el luto en los pueblecitos sardos. Tras la muerte de su hijo y su nuera, la vieja casa de los Malvas permaneció cerrada al sol y la alegría. Las paredes no volvieron a encalarse nunca y el humo extendió un velo opaco, del color de la cera, sobre las paredes, los muebles y los cristales.

En aquella casa silenciosa y extraña, casi fúnebre, Annicca pasó su infancia y creció como una florecilla apagada, una de esas flores amarillas, pálidas, que brotan en los parajes áridos y agrestes. Pero, un día, doña Anna cayó enferma y, a pesar de las curas afectuosas de Giacinto, murió. Entonces, Paolo Velèna, tras recibir la llamada de su hermano, se dirigió al pueblecito y decidió llevarse consigo a la niña. Giacinto tenía muchos hijos y no podía hacerse cargo también de Annicca. Doña Anna dejaba un escaso patrimonio, gravado por hipotecas e infortunios.

Tras una semana de acuerdos y contrariedades, Paolo arregló las cosas de la mejor manera posible y se marchó con Annicca.

La pequeña tenía entonces trece años. Aún no comprendía la gravedad de la desgracia que le había acontecido ni su anormal situación en el mundo. De hecho, cuando se le pasó el gran dolor por el fallecimiento de doña Anna, que para ella había sido toda su familia, se alegró ante la idea de vivir en una ciudad, en una hermosa casa llena de gente.

Durante el viaje, en un carruaje, le pareció estar bajo una especie de hechizo al contemplar el campo que renacía bajo el tibio sol de febrero.

Nunca había visto tanto espacio, tanto azul, tanto sol, y miraba casi temerosa a su tío, con quien hablaba alegremente y al que preguntaba a cada paso:

—¿Todavía está lejos? ¡Dios mío, qué lejos está! —Y suspiraba con uno de aquellos ruidosos suspiros infantiles que dicen tantas cosas.

Paolo respondía afectuosamente.

Era un hombre bueno y generoso que quería mucho a su familia. En pocos días, había cultivado un gran afecto por la niña, a la que creía afligida, aunque en realidad no lo estaba, y le hablaba con amabilidad.

En su rostro, más bien feúcho, veía un marcado parecido con el de su hija predilecta, Caterina.

Durante el viaje, empezó a contarle algunas cosas sobre Orolà y su familia. Annicca ni siquiera se planteaba si iba a ser bien recibida, si no sería una molestia en aquella casa tan abarrotada. Creía que la acogerían con regocijo y amabilidad.

Y contemplaba los almendros en flor, deseosa de ir a coger un gran ramo de aquellas flores. Luego observaba la cabeza de Paolo y le asaltaban las ganas de preguntarle por qué su cabello negro se volvía ceniciento mientras que el tío Giacinto lo conservaba como el ala de un cuervo.

—¿Cuántos años tiene? —le preguntó de repente.

Una sonrisa se dibujó en el rostro relajado y rosáceo del tío Paolo.

—Muchos, muchos, más de cuarenta.

—La abuela tenía más de setenta.

Ante el temor de que el recuerdo de la abuela la entristeciera, Paolo cambió de tema con rapidez y le preguntó por sus estudios.

Annicca sabía leer y escribir: había asistido a la escuela del pueblo durante cuatro años, y Paolo se sorprendió ante la inteligencia de la chiquilla al recordar las cosas que había estudiado. No, no era tan niña; lo demostraba en sus discursos, o, al menos, era una niña ingeniosa a la que la vida recluida y triste no había intimidado en absoluto.

—¿Te gustaría ir a la escuela de Orolà? —le preguntó.

—No. ¿Es que ya no sé leer y escribir? Es mejor que me manden a coser o a cuidar el fuego.

—¿A cuidar el fuego? ¿Y eso por qué?

Annicca no supo explicarlo. Vio una becada revoloteando en un sembrado y empezó a dar palmas y le pidió a su tío que ayudaran al pájaro a retomar el vuelo.

Paolo bajó del carruaje y la contentó.

—¡Qué lástima que no haya traído al perro! —dijo—. Por aquí debe de haber muchas becadas.

Era un terreno pantanoso, cubierto de manchas de adelfas y saúcos.

Annicca quiso bajar y se embarró de arriba abajo.

—Regáñeme —dijo mientras regresaba hacia Paolo—, me he portado mal… ¡Ah, si me hubiera visto mi abuela!

—No pasa nada, olvídalo. El sol lo secará —respondió Paolo.

Reanudaron el viaje. Poco a poco, Annicca se durmió en un rincón mullido del carruaje y, en sueños, Paolo la oyó murmurar:

—Al menos traemos la cena… Es una lástima que no estuviera el perro.

Se refería a las dos becadas que, poco antes, habían cazado en la ciénaga.

Paolo la miró con afecto y pensó: «Haremos lo que queramos; es una buena niña».

Y se dispuso a charlar con el viejo cochero.

Cuando Annicca despertó, ya era noche cerrada. El carruaje se había detenido en la entrada de un patio y, a través de la puerta abierta de par en par, Annicca vio, bajo la luz roja de una lámpara, cinco o seis cabezas de mujeres y niños.

—Buenas noches, buenas noches, buenas noches —decían todos.

Annicca bajó rápidamente del carruaje y se encontró entre los brazos de una muchacha alta y robusta que la llevó casi en volandas al interior de la casa.

La puerta se cerró con un estruendo y Annicca oyó el carruaje alejándose por la calle. Solo entonces se despertó del todo.

—Bien, pues aquí está nuestra pequeña doña Anna —dijo Paolo Velèna, que se dirigió a sus hijas y su esposa.

Todas se atareaban alrededor de la recién llegada para abrazarla y demostrarle que estaban muy contentas de recibirla, y esta los miraba con ojos asustadizos.

En realidad, había demasiada gente.

Además de Maria Fara, la esposa de Paolo, y sus seis hijos, había dos sirvientas y una vecina. Y también un perro grande y dos gatos que, subidos a la mesa, contemplaban fijamente a Annicca.

Nennele, el más pequeño de los hijos, chillaba en la cuna, pataleando al aire, y Antonino, el penúltimo, se encaramaba por el respaldo de la silla de su padre mientras gritaba:

—¿Qué me has traído? ¿Qué me has traído?

—Te he traído esta nueva hermanita —respondió Paolo—. Ve y dale un beso.

En medio de esa confusión, con el movimiento del carruaje reverberando todavía en sus huesos, Annicca se sentía desconcertada y no hablaba.

Maria Fara la juzgó de inmediato como una niña fea y torpe. De hecho, llevaba un vestido de indiana negra y, con el pañuelo de lana anudado al cuello, parecía muy fea, tan esmirriada, con la piel de una palidez olivácea, el perfil irregular y la boca demasiado grande. Tenía los ojos y el cabello castaños, manos grandes y pies también grandes y mal calzados, igual que una niña de pueblo, de montaña. «¡Solo Dios sabe lo maleducada que es!», pensó Maria Fara con un ligero disgusto ante la idea de que Annicca compartiera el lecho con Caterina.

A su vez, Annicca se sentía intimidada bajo la mirada de Maria, que era una mujer alta, robusta y hermosa. Además, también se sentía intimidada por Paolo. Pero, cuando las sirvientas y la vecina se marcharon, y Paolo se retiró acompañado por su esposa, Annicca pudo hacerse una mejor idea del lugar y de las personas con las que se encontraba. Antonino se había acercado a darle un beso, más que fraternalmente.

—¿Cómo te llamas? —le preguntó.

—Anna, ¿y tú?

—Antonino, y esta es Caterina.

Le presentó a su hermana, tirando de ella por la ropa. Caterina tenía diez años; era muy morena, delgada y tenía unos vivaces ojos negros.

Annicca quiso saber el nombre de todos y sus respectivas edades.

El primogénito se llamaba Sebastiano y tenía veinte años. El segundo era Cesare, aunque en realidad se hacía llamar Cesario. Era el estudiante que asistía al instituto y ahora se encontraba allí para disfrutar de las vacaciones de Carnaval. Era más alto que Sebastiano, aunque tenía dos años menos; un jovenzuelo muy atractivo con el pelo rizado y grandes ojos resplandecientes.

Las dos muchachas, Angela y Lucia, eran gemelas, de dieciséis para diecisiete años. Angela era alta y robusta, como su madre, y Lucia era pequeñita, delgada y delicada. Ni siquiera se parecían de cara.

—¿Estás muy cansada? —preguntó Sebastiano, que se acercó a Annicca mientras Lucia y Angela ponían la mesa—. ¡Venga, ve y presta un poco de atención a Nennele! —gritó, dirigiéndose a Antonino, que se movía alrededor de las sillas dando pisotones.

—No, no estoy nada cansada. He dormido durante todo el viaje… Pero ¿por qué llora tanto el pequeñito?

—Dios mío, Lucia, ¡mira qué trenza tan hermosa! —exclamó Caterina, extasiada, detrás de Annicca.

En aquel momento, Maria Fara regresó y compartió el deleite de sus hijas por la trenza de Annicca, en la que no habían reparado.

Era una trenza muy bonita, tan gruesa como el puño de Sebastiano, y de una longitud de más de tres palmos.

—¡Dios mío, nuestra señora mía, nunca he visto trenzas como esta! —decía Caterina—. Es como cinco, veinte o treinta veces la mía…

—Claro, sí, será mejor que digas mil —exclamó Antonino.

—Dios la bendiga, se debe decir.

Todos tocaron la trenza de Annicca para ahuyentar los malos augurios y la joven se ruborizó ante una cálida sensación de placer.

—¿Por qué llora tanto este niño? —preguntó mientras se inclinaba sobre la cuna y besaba a Nennele.

—Oh, mi Nennele, pobre Nennele —exclamó Caterina, que le acariciaba los piececitos sonrosados.

—¿Qué significa Nennele?

—Emanuele. Calla, corazoncito mío. Mamá, ven con Nennele.

Caterina lo cogió en brazos y el bebé sonrió de forma encantadora.

—Qué bebé tan hermoso, es muy guapo —dijo Annicca, que lo acarició.

Caterina le contó muchas cosas. Nennele tenía catorce meses y ya le habían salido los primeros dientes. Era muy hermoso, pero lloraba constantemente y quería que lo acunaran para dormir. Antes de la cena, Annicca ya conocía muchas cosas de su nuevo hogar. La habitación en la que se encontraban era el comedor, que daba al patio. Gran sencillez en todo, desde las paredes blancas hasta la gran mesa de nogal, desde las sillas macizas hasta la vajilla en el viejo armario. Un gran brasero de latón, lleno de fuego, esparcía un tenue calor por la estancia iluminada por una vela alta de aceite de oliva. Annicca se percató de que todos vestían con cierto refinamiento, con colores oscuros, invernales. La señora Maria, Angela y Lucia llevaban chaquetillas de tela; Antonino, un bonito traje de marinero —la primera vestimenta de hombrecito—, y Caterina desaparecía bajo un delantal de indiana turquesa. Nennele llevaba uno similar. Cesario llevaba zapatillas, a pesar del frío, una camisa elegante bien almidonada y gafas doradas; Sebastiano, en cambio, llevaba unos zapatos grandes y una chaqueta de fustán con bolsillos dobles.

—Tengo mucha hambre, ¿y tú? —preguntó Paolo tras regresar y ocupar su lugar en la mesa—. Lástima que esta noche no podamos comer las becadas. Has soñado con ellas, ¿verdad?

Annicca volvió a sonrojarse. También tenía apetito, pero no se atrevía a confesarlo. La hicieron sentar junto a Caterina y Lucia.

Nennele ocupaba una sillita tan alta como la mesa, y Antonino, arrebujado en una gran servilleta, comía en un rincón, lejos de todos, porque molestaba demasiado. No todos los días la señora Maria almorzaba o cenaba en paz, pero aquella noche, en honor a Annicca Malvas, no se produjo ningún incidente.

—Durmamos juntas esta noche —dijo Caterina—. Mejor, porque yo siempre tengo frío. Mañana por la mañana te enseñaré las muñecas, o esta noche…

—¡Claro, lo que faltaba! —exclamó Angela—. ¿Acaso crees que vas a convertir a Annicca en una granujilla como tú?

Pero Caterina siguió charlando sin hacerle caso.

Al otro lado de la mesa, Paolo, su esposa y sus hijos hablaban de cosas serias, y Antonino aprovechaba su soledad para dar buena parte de su cena a los gatos, a los que adoraba y, precisamente por eso, siempre se colocaban debajo de su silla.

Annicca reía de buena gana, pero, en el fondo, se sentía triste. Le parecía que no todo era tan bonito y divertido como había soñado.

Después de la cena, los hombres se fueron aquí y allá y las mujeres se retiraron junto al fuego. En ese círculo estrecho e íntimo, asaltaron a Annicca con todo tipo de preguntas sobre su vida pasada, sobre la vida en el pueblo, sobre la esposa del doctor Giacinto y sobre un centenar de pequeñas cosas.

—Dormirás con Caterina —repitió Maria—. Rezaréis vuestras oraciones juntas.

Poco antes del toque de queda, las dos muchachas, acompañadas por Angela, subieron a su dormitorio.

—En este baúl —dijo Angela mientras dejaba la lámpara— pondremos mañana tus cosas.

—Sí, gracias —respondió Annicca.

—No te asustes —prosiguió la muchacha, que ayudaba a Caterina a desvestirse—, debes saber que, de ahora en adelante, serás nuestra hermana, Annì.

—Sí, señora —afirmó Caterina, vestida con su camisa.

Annicca, toda roja, se descalzó y Angela retiró las mantas de la cama mientras repetía:

—Rezaréis vuestras oraciones juntas. No tardaremos en subir.

—¿También dormirá aquí?

—Sí, en esa cama.

Annicca echó un vistazo rápido a la habitación. Había dos camas, con mantas de flores azules, una cómoda con un espejo, un lavabo, una mesita, baúles y sillas.

—¿Qué oraciones conoces? —preguntó Caterina desde la cama.

—Muchas.

Annicca recordó las oraciones infinitas que doña Anna le hacía recitar y pensó intensamente en la mujer muerta.

Cuando estuvo en la cama, Angela tomó la lámpara y salió.

—Yo rezo tres padrenuestros, avemarías y glorias a santa Caterina de Siena y un credo a san Antonio. ¿Quieres rezar conmigo? No tengo miedo de la oscuridad, ¿y tú? —preguntó Caterina.

—Yo tampoco —respondió Anna. Pero, en realidad, se sentía aturdida en aquella oscuridad nueva y desconocida, en aquella amplia y fría cama con las sábanas tan lisas como el raso. Sin la voz fresca y alegre de Caterina, habría llorado amargamente. El viento frío de las noches de febrero hacía chirriar una chimenea metálica de una casa vecina. Y ese sonido agudo le producía a Annicca una sensación escalofriante: pensaba en su abuela muerta con infinita ternura. «¿Dónde estará ahora? ¿Tendrá frío? ¿Por qué he venido aquí?», cavilaba mientras se persignaba. Rezaron las oraciones en voz alta, pero resultaba evidente que Caterina no ponía mucho entusiasmo. En cuanto recitó el credo, preguntó:

—¿Por qué tienes las mangas de la camisa largas? Toca, yo las tengo así de cortas…

Sin esperar respuesta, empezó a decirle cuántas camisas y vestidos tenía. Annicca permanecía en silencio. Ella era parlanchina, pero Caterina la superaba con creces, y decía cosas inútiles. En comparación, Annicca era una señorita seria. Además, esa noche tenía pensamientos tristes, a pesar de que permanecía en su mente el recuerdo del hermoso día que había pasado. Rememoraba el campo, los almendros en flor, la llanura, los sembrados, el río, las becadas, y la voz de su prima le sonaba como la de su tío.

De repente, Caterina se calló. En el silencio profundo, el chirrido de la chimenea se volvió más estridente, más triste. Annicca no podía conciliar el sueño porque había dormido casi todo el trayecto en el carruaje, y ahora, en la oscuridad, en la quietud, sentía instintivamente esa tristeza medrosa que sienten los niños en los lugares extraños, entre gente desconocida. Cuando sonó el toque de queda —¡las campanas eran tan distintas a las de su pueblo!—, la pequeña doña Anna rompió a llorar. Pero Caterina no se percató porque dormía profundamente.

Los primeros días

Al día siguiente era jueves. Caterina, que iba a la escuela, tenía vacaciones y disponía de tiempo para enseñarle la casa a Annicca.

Después de tomar café con leche en la cocina junto al fuego —desayunaban allí uno tras otro—, Annicca se peinó. Lucia se había ofrecido para peinarla, dado que esa semana era la encargada de asear y preparar a los niños, pero ella se opuso.

—Siempre me peino sola. Si quieres, también puedo peinar a Caterina.

—¿Cómo puedes peinarte sola todo este pelo?

—Pues... con el peine. Estoy acostumbrada.

Efectivamente, se peinó con gran desenvoltura. Se ató el cabello con un cordón, a la altura de la nuca, y luego lo trenzó y echó hacia atrás la gran trenza con la punta rizada.

Lucia subió la maleta de Annicca y ayudó a su prima a guardar la ropa en el baúl. Eran pocas prendas, en realidad. La ropa interior, mal cortada y mal cosida, olía a espliego. Los vestiditos de colores se dejaron al fondo del baúl.

—¿Está todo aquí? —preguntó Lucia, de rodillas—. ¡Qué calcetines tan bonitos! ¿Quién los ha hecho?

—La abuela. He dejado muchas cosas en casa, pero el tío Paolo me ha prometido que pronto las traerían aquí.

—¿Quién vive en tu casa ahora?

—Nadie. No se sabe a quién le tocará.

Mientras Lucia colocaba las últimas prendas, los pañuelos, los mandiles, un libro grueso de plegarias y un chal, Annicca la observaba con atención. Sí, sin duda, Lucia era más hermosa que Angela. Tenía el cuello delicado, blanco como el mármol, y una nariz tan perfilada y diáfana que las fosas nasales se teñían de rosa bajo la luz. ¡Y qué bellos ojos negros! Estaba bien peinada, y tenía las manos tan blancas y finas que Annicca escondió las suyas. Caterina la sacó de esa contemplación. Pasó la mañana visitando las habitaciones, el patio, las galerías y el huerto.

Contigua al dormitorio de las muchachas había una habitación para el servicio. La ventana tenía barrotes y la puerta daba a la alcoba de las niñas; así, las criadas no podían comunicarse con nadie.

En otras dos habitaciones que había enfrente dormían Sebastiano y Cesario. Antonino dormía con el primero porque Cesario era muy distinguido; quería una habitación para él solo, y que no la ocupara nadie, ni siquiera en su ausencia. Su mesa estaba cubierta de novelas y revistas, y en la estancia siempre había un fuerte olor a puro. Cosas que no se advertían en la habitación de Sebastiano, tan austera y simple como una celda.

En el primer piso se encontraba la alcoba de Paolo y Maria y un pequeño cuarto con la máquina de coser y los juguetes de Caterina y Antonino.

Otra habitación limpia en la misma planta, con algunos muebles de lujo, se reservaba a los huéspedes, es decir, conocidos de los pueblos cercanos que en Cerdeña se alojaban en casas de amigos. En ocasiones, esta habitación también servía de sala de recepción, ya que la familia Velèna recibía a muchas personas que acudían a la casa en el comedor o en el despacho, otra habitación muy sencilla, en la planta baja, donde Paolo Velèna gestionaba sus negocios. Eran, en su mayoría, personas del pueblo, vinculadas a los Velèna por razones de servicio: campesinos, pastores, jornaleros, mujeres con traje y personas que venían por negocios o a hacer compras.

Detrás de la casa se encontraban las bodegas y las despensas, con grandes rejas y puertas sólidas que daban al fresco patio.

También daba al patio la amplia cocina, detrás de la cual se hallaba el huerto.

—¿Crees que nos vamos a quedar aquí? —dijo Caterina, que había llegado al final del huerto—. Mira bien. Trepamos el muro y bajamos hacia allí.

Annicca se inclinó sobre la pared y miró.

Veía el campo; una ladera seca y agrietada, llena de rocas y arbustos espinosos, que bajaba hasta la carretera, de la que la separaba un seto de zarzas.

—¿Y la tía Maria te deja ir hasta allí?

—¡Sí! Este terreno es nuestro, así que podemos ir. Ahora vamos a ver el ganado.

—¿El caballo?

—Pero ¡qué caballo de Egipto! Ven, ven…

Volvieron atrás y le enseñó las gallinas, los polluelos, las palomas y los gatitos que Maramea, la gata, estaba amamantando en un comedero, en el establo donde se encontraba el caballo negro de Sebastiano.

Caterina parloteaba sin parar. Tenía muchas cosas que decir, muchas cosas que se confundían en su mente.

—No toques el caballo, eh, Annì, cuidado que te hace daño. Mira, aquí las gallinas ponen huevos. ¿Sabes cuántos ponen cada día? Muchos, muchos, más de dieciséis. ¿Qué crees que hacemos con ellos? Bueno, en casa hay gente que tiene que comer y los huevos son muy necesarios, ¿sabes? Yo sé distinguir los huevos que pone esta gallina de los que pone esa otra. Cada noche, llevo las gallinas del patio al establo empujándolas con una caña. Todas son buenas personas.

—¿Cómo se llaman estos gatitos? ¡Oh, qué bonitos! —dijo Annicca, que los tocó de uno en uno—. Todavía tienen los ojos cerrados, pero…

—Aquí está su mamá. ¡Buenos días, Maramea! —exclamó Caterina.

De hecho, la hermosa gata negra avanzaba en silencio, miraba dónde ponía las patitas y las sacudía de vez en cuando. Los gatitos maullaban desesperadamente. Cuando Maramea llegó al comedero, las dos muchachas regresaron al huerto. Sebastiano estaba ocupado podando los rosales con unas grandes tijeras de acero. En el huerto, la hierba renacía y las flores de los almendros, deshojados por el viento, cubrían los caminos con una especie de aguanieve perfumada. Una extensión de coles en flor ocupaba casi todo el huerto, pero a lo largo de los muros, bajo los almendros que reverdecían, ya crecían las tres plantaciones y el rocío brillaba como polvo de perlas en los pequeños tallos verdes de las cebollas.

Sebastiano cultivaba el huerto. Ahora estaba esperando a que se vendieran las coles para labrar, arar y replantar el terreno. Mientras tanto, sembraba las primeras flores y podaba los rosales y los matorrales.

—¡Has puesto aquí los pies! —gritó a Caterina en cuanto la vio mientras señalaba un macizo de flores pisoteado.

—¡No es verdad! ¿No ves que son las huellas de Mahoma?

—¿Ahora también dices mentiras? Son tuyas, te digo. Asegúrate de que no te encuentre yo. De lo contrario, te corto la nariz con estas tijeras. Buenos días, Anna. ¿Has dormido esta noche?

—Sí —respondió Annicca, que se sonrojó—. Gracias.

—¿Gracias por qué? —preguntó Sebastiano, que reía y agitaba los brazos en el aire.

Annicca se ruborizó incluso más y desapareció con Caterina.

Mahoma era el perro, un galgo alto con un pelaje largo y aterciopelado y unos ojos que parecían de cristal; una sola mancha blanca, en la frente, interrumpía la brillante negrura de su elegantísimo cuerpo.

Lo encontraron en la cocina jugando con Antonino.

—Escúchame, deja que te cuente algo —le dijo Caterina a su hermanito; lo llevó al patio, donde permanecieron un largo rato. Confabularon en voz baja y Antonino escuchaba con los brazos cruzados a la espalda. Annicca no supo nunca qué se dijeron. Mientras tanto, visitó la cocina, miró dentro del horno y contó las cazuelas de cobre, brillantísimas, que colgaban de las paredes amarillas. Había doce.

Al regresar, Caterina dijo a las criadas:

—Tenéis que llamarla señorita Annicca, porque es una dama.

Annicca sonrió complacida, aunque añadió con modestia:

—No es necesario, por ahora.

—Mamá no quiere que demos confianza a las sirvientas —le susurró Caterina cuando estuvieron en el comedor—, son maleducadas y siempre dicen palabras malsonantes.

Angela remendaba medias, sentada frente al brasero, y la señora Maria cambiaba la ropa a Nennele y lo hacía reír y saltar. Lucia, después de haber ordenado las habitaciones, cosía a máquina. Se oía claramente el tictac del coche porque los techos eran de madera y el trastero estaba encima del comedor. La llegada de

Anna no perturbó lo más mínimo las costumbres de la casa.

Semana tras semana, Lucia y Angela asumían las tareas de asear y vestir a los niños, ordenar las habitaciones y poner la mesa. Cuando no tenían nada que hacer, bordaban o hacían medias, preparadas para llevar los productos que recogían de las despensas y que vendían en pequeñas cantidades: vino, aceite, quesos, etc.

Aquella semana le tocó a Angela quedarse abajo. Para no ensuciarse el vestido, llevaba un amplio delantal color turquesa, confeccionado con mucho gusto y adornado con un volante. Por otra parte, ni ella ni Lucia se manchaban nunca. Tenían tanta práctica que medían el aceite y el vino sin tocar una gota; y hacían estas vulgares pero lucrativas operaciones sin sentir ninguna humillación.

—Es nuestro trabajo —comentó Angela—, y me gustaría medir el aceite para todo el año.

—Lo hemos visitado todo —dijo Caterina, que se calentaba las manos en el brasero.

—Está bien —contestó la madre—. ¿Estás contenta, Annì?

—Sí, mucho. —La pequeña se acomodó junto al fuego y Maria se dirigió a ella. Ya no la veía tan fea como la noche anterior, y se dio cuenta de que tampoco era maleducada.

—Estudia la lección —le dijo a Caterina con seriedad.

Caterina era la predilecta de todos por su viveza y peculiaridades, pero, al mismo tiempo, la trataban casi con severidad, tanto que a veces lloraba por ello y decía que era muy infeliz. Respetaba más a la madre que al padre, y más a Sebastiano que a la madre.

No tuvieron que repetirle la orden: se fue a estudiar, y Annicca dijo, tímidamente:

—Dadme trabajo, ahora…

Después de hacer sus peticiones, Angela le entregó un par de medias: Annicca se puso el dedal de Lucia y tomó la aguja con tanta gracia que Maria Fara quedó encantada.

Al día siguiente, viernes, las señoritas Velèna y Annicca, acompañadas de Cesario, se dirigieron al servicio religioso en Santa Cruz tras un largo paseo por el campo.

Caterina, que regresaba de la escuela, se unió a ellos cuando entraban en la iglesia, y Annicca estaba muy contenta porque había conseguido que escondieran dentro de sus estufillas un ramito de margaritas que había recogido en el borde del camino.

—Tiradlas —dijo Cesario, molesto.

La pequeña plaza de la iglesia bullía de jovenzuelos, y la gente entraba en la iglesia apresuradamente, porque había sonado la última campanada.

—¡Os digo que las tiréis! —repitió Cesario, que alzó la voz. No quería que los muchachos miraran a sus hermanas durante mucho tiempo.

Lucia y Angela, por su parte, sonreían e intercambiaron una mirada de inteligencia entre ellas.

—Me parece que será la última vez que os acompaño… —murmuró Cesario, irritado.

Annicca se sonrojó y tembló: comprendió que ella era la causante de aquel pequeño escándalo y le entraron ganas de llorar.

—Sí, tirémoslas… —respondió, pero Caterina ya estaba en la iglesia y mojaba su manita desnuda, sin guantes, en el agua bendita.

Era tarde. El coro había terminado: las voces de los sacerdotes resonaban oscuramente bajo los antiguos pasillos, y muchos de los jovenzuelos esperaban a que el sermón diera comienzo, dispuestos frente al púlpito, junto a la pila del agua bendita. Mientras tanto, charlaban y observaban a las hermosas chicas vestidas con elegancia, arrodilladas en el suelo, y a las jóvenes sentadas en los bancos y las sillas.

Cuando los Velèna entraron, todos se volvieron a mirarlos y Cesario, por su parte, desapareció entre la multitud.

Annicca se sentía más perdida que nunca en ese nuevo mundo. Le parecía que los presentes se volvían para mirarla solo a ella, y, acostumbrada a ver a la gente de su pueblo devotamente en la iglesia, se preguntó si aquel ruido confuso de voces irreverentes acaso lo provocaba su presencia.

Cruzaron la iglesia, húmeda y gris. A duras penas encontraron sus sillas, y también a duras penas Annicca se sentó y miró a su alrededor. Los santos y los ángeles de las paredes, pintados al fresco, con colores claros y vivos que la humedad y el tiempo habían resaltado más, con algunos contornos verdes que tendían al amarillo, miraban fijamente a la pobre cabecita de Annicca, y le preguntaban: «¿Quién eres? ¿De dónde vienes?».

La niña se armó de valor y miró fijamente a lo alto. No, eran santos y ángeles pintados al fresco, y no podían mirarla ni hablarle.

La curiosidad crecía: miró las ventanas semicirculares, en especial una que conservaba los vidrios historiados, y luego los capiteles de las antiguas columnatas, las altísimas paredes grises y la nave central. Y su mirada descendió lentamente sobre las cuerdas de las lámparas perladas, que le dieron mucho que pensar.

Su nombre, pronunciado con suavidad detrás de su silla, la sacó de la contemplación. Sin querer, se dio la vuelta vivamente. Entonces se percató de que las pueblerinas, sentadas y arrodilladas en el suelo, mostraban mucha devoción y recogimiento, mientras que las señoras y las muchachas hablaban entre ellas, sonriendo y mirando aquí y allá.

Se leía una sutil perfidia en esos bellos y empolvados rostros, y los ojos decían muchas cosas malvadas. Las unas miraban a las otras, de pasada, y el sutil perfume que exhalaba del grupo grácil, compuesto por diferentes fragancias, parecía un fluido de flores malignas. Annicca vio a dos chicas que la miraban riéndose en silencio y diciéndose algunas cosas detrás de sus estufillas, y se sintió humillada. Por segunda vez en unos pocos minutos, sintió un gran deseo de llorar.

Parecía que sus primas, que se habían unido a algunas señoras, se hubieran olvidado por completo de ella.

Lucia le decía a otra chica de su edad:

—Es Anna Malvas, nuestra prima.

—¿Está en vuestra casa?

—Sí, desde antes de ayer por la noche…

—¿Por qué va vestida de negro?

Un ataque de tos, leve, coqueto, reprimido por una mano enguantada, impidió que Annicca escuchara el resto de la conversación.

La joven volvió a alterarse al pensar en su vestidito negro, liso, mal hecho, que desentonaba entre esa ropa abullonada, de colores vivos y suaves. Junto a ella se encontraba una señora con una capa de terciopelo negro, resplandeciente con azabache y pasamanos, y una niña con un vestido blanco adornado con encaje y bordados verdes. Dios mío, Dios mío, qué infeliz y fea se sintió Anna en ese momento, con su pañuelo ceñido y su cabello revuelto. ¿Por qué no se lo había rizado, por qué? Ahora le parecía que sus primas, que también iban muy bien vestidas y elegantes, se avergonzaban de ella. Se volvió y miró suplicante a Caterina, pero esta no le hizo ningún caso. La suerte quiso que en aquel momento sonara una campana argentina: los sacerdotes se dispusieron con solemnidad al pie del altar mayor; entraron los seminaristas, de los que

Annicca, asombrada, pensó que eran sacerdotes, aun siendo tan jóvenes; entraron los señores, la iglesia se llenó y, en medio de un súbito y maravilloso silencio, dio inicio la celebración.

El predicador, un apuesto hombre de piel rosada con un delicado perfil, se parecía tanto a Paolo Velèna que Annicca se dio la vuelta para buscar con la mirada a Lucia. La prima se dio cuenta, extendió la mano y le tocó el hombro.

—Presta atención…

Annicca se sobresaltó en su silla, porque la voz del predicador, al pronunciar el epígrafe en latín, era terriblemente sombría y sonora.

En la solemne reunión de la multitud, solo dos señoritas se obstinaban en cuchichear entre ellas delante de Anna, que se escandalizó más allá de las palabras. Además, ella estaba concentrada en el sermón. Nunca había visto ni oído algo similar.

La voz del predicador de piel rosada se expandía por la iglesia bajo el inmenso parapeto de tela dorada, a ratos dulce y suave como una cantilena, a ratos fragorosa como un huracán; resonaba, descendía, se desvanecía en la penumbra de las capillas, regresaba, como repelida, perseguida por el eco de las naves. Los santos y los ángeles de Mugano escuchaban desde lo alto, y en el suave fondo azul de los grandes ventanales brillaba el sol, que caía como lluvia sobre la cabeza de algún jovenzuelo y la coronaba con una aureola misteriosa.

El tema del sermón era el Purgatorio. El predicador citaba ejemplos antiguos y modernos, hablaba de ritos paganos y de los brahmanes y los budistas, recordaba los concilios ecuménicos y, en especial, los de Cartago, donde solemnemente se afirmó la existencia del Purgatorio. Utilizaba citas de los protestantes, de los enciclopedistas, de Lutero, Melanchthon, Voltaire y Erasmo..., y Annicca, con la boca abierta, no entendía nada de nada. Solo entendía que había algo terrible en el aire, y, cuando el predicador citó, para hablar de la caducidad de las cosas terrenales, el ejemplo de Isabel de España, la mujer más bella del mundo, que pocas horas después de su muerte despertó el horror y el terror del valiente duque de Candía de tan deformada como estaba, se arrepintió de haber envidiado a aquellas jovencitas bien vestidas y empolvadas y de haberse sentido infeliz porque era fea e iba mal vestida.

Pero, poco a poco, se aburrió y acabó no entendiendo nada. Su cabecita se volvió y sus ojos miraron fijamente el fondo tan dulce de los grandes ventanales, y recordó el hermoso paseo por los campos, el arroyo, el puente, las vincapervincas y las margaritas y las cabras que pastaban en la cima de las rocas.

Un niño pequeño se arrimó a su silla y ya no la dejó en paz. Brincaba, empujaba la silla, se balanceaba y bailaba. Afortunadamente, Annicca recordó que era una buena chica, muy devota; de lo contrario, le habría dado un empujón. De repente, la golpearon tan fuerte que se dio la vuelta y no pudo evitar reírse. El impertinente era Antonino en persona, que había llegado con una de las sirvientas.

A la salida, Cesario, que seguía molesto por el asunto de las margaritas, dejó plantadas a las hermanas, que tuvieron que conformarse con volver a casa acompañadas de la sirvienta.

Antes de regresar a casa, las jóvenes fueron a una tienda y compraron tela negra para un vestido de Annicca, y guantes y un pañuelo de seda. Ella no cabía en sí de alegría. De vuelta en casa, se puso a hacer la rueda, olvidada de las diversas impresiones que había experimentado durante el sermón, mientras Caterina y su hermanito colocaban las margaritas marchitas, machacadas, en un vaso de agua, y Lucia y Angela hacían un montón de observaciones sobre la celebración, el predicador y los oyentes.

Annicca prestó atención a estas palabras, que se intercambiaron rápidamente las dos jóvenes:

—¿Has visto a Lucifer?

—¡Por supuesto que lo he visto! Se ha marchado con Cesario… Me alegro…

—Silencio… —dijo Angela, que miró a su alrededor.

Anna se metió en la cabeza la idea de que ese tal Lucifer tenía algo que ver con sus primas.

—¿Quién es Lucifer? —preguntó a Caterina cuando se quedaron solas.

—Pues… el demonio.

—¿El demonio? Podría ser. ¿Y tus hermanas están enamoradas de él?

Caterina la miró asustada y ofendida.

—¡Déjame tranquila un rato! ¿Cómo quieres que estén enamoradas del demonio?

—Pero ¡si lo han dicho ellas!

—¿El qué? ¿Que están enamoradas del demonio?

—No. Han dicho esto y lo otro.

Luego averiguaron que Lucifer era Gonario Rosa, un compañero de Cesario, un simpático chico moreno. Lo llamaban Lucifer precisamente porque tenía el rostro oliváceo como un beduino.

El día siguiente era sábado, así que tocaba hacer una gran limpieza en toda la casa. Se desempolvaron las sillas, las camas, las paredes, las alfombras y las mantas. Angela barría con un pañuelo en la cabeza.

—¿Por qué no pones a limpiar a las sirvientas? —preguntó Annicca.

—Porque las sirvientas no prestan atención; barren como locas, para terminar cuanto antes, y levantan el polvo del suelo, que se queda en las paredes.

Annicca ayudó; de hecho, entró en la cantina por primera vez y vendió un litro de vino, orgullosa de haber logrado tal hazaña.

Cuando la inquieta Caterina no estaba presente, ella se volvía una mujercita seria y compuesta, apasionada de la casa y las tareas domésticas. Pero con Caterina volvía a ser una niña y decía cosas sin sentido, y se reía y entristecía por cosas triviales. Sin embargo, no se sentía contenta con Caterina.

La vida en familia

Cesario se marchó unos días después. Annicca dio un pequeño suspiro, casi como si se liberara de un incordio.

En realidad, Cesario, don Cesario, como lo llamaban irónicamente las sirvientas, era un poco molesto, o, mejor dicho, desentonaba, como una pincelada demasiado viva en el cuadro calmado y uniforme, dulcemente realzado, de la familia Velèna. Era aristocrático, soberbio, se creía superior a todo el mundo y se las daba de escéptico… a sus casi veinte años. Todo se lo tomaba a la ligera, pero luego se enfurecía por el menor contratiempo: ay si sus camisas no se planchaban de una forma concreta, si su ropa interior blanca no resplandecía. Sin embargo, estudiaba seriamente, y se habían depositado muchas esperanzas en él.

En cualquier caso, Annicca sintió una sensación de alivio tras su partida y se sintió más libre.

—¿Te sabe mal que Cesario esté lejos? —preguntó a Sebastiano una mañana en el huerto.

—Pues no. Estudia. Este año obtendrá el diploma del bachillerato.

—¿Qué hará?

—Será abogado, creo… —murmuró Sebastiano, con voz irónica, clavando un garrote junto a una magnífica col con una inmensa flor amarilla brillante.

—¿Por qué pones ese garrote?

—Porque esta col tiene que hacer semillas.

—¿Cómo?

Pacientemente, el apuesto hortelano se lo explicó, y entonces Anna volvió al primer tema.

—¿Y tú por qué no seguiste estudiando?

—Ah, ¿yo? —dijo Sebastiano, distraído, saliendo del surco con sus botas mojadas por la escarcha.

—Sí, ¿por qué no te hiciste abogado?

—Porque me aburría estudiando —dijo él, sin querer dar otra explicación.

—Pero es mejor que la azada.

—Eso ya se verá. Mientras tanto, tú, en la mesa, comes ensalada y espárragos, no libros…

Anna no parecía convencida de las razones de Sebastiano, aunque era la persona a la que más quería después del tío Paolo.

Con Caterina estaba incómoda, con Lucia y Angela se sentía triste; estaba en esa edad en la que ya no se es una niña y todavía no se es una jovencita, y, mientras, una se aleja de las niñas, se muestra tímida con las jovencitas, que no nos tratan como querríamos, sino que nos siguen tratando como a niñas y no nos hacen partícipes de sus secretos.

Anna no encontró a compañeras de su edad, y Sebastiano, que se quedaba con ella de verdad y le daba todo tipo de satisfacciones, de alguna manera llenaba el vacío de su pequeño corazón.

Todo lo altivo y pretencioso que era Cesario, Sebastiano lo tenía de bueno, humilde y paciente: trabajaba como un campesino y nunca objetaba nada; no levantaba la voz, no se quejaba. Se vestía de forma modesta, con camisas de ribetes de colores, con cuellos vueltos, y llevaba un gran abrigo antiguo de lana forrado de color escarlata y un sombrero blando.

Parecía un artista, y tal vez lo era más que Cesario.

Siempre a caballo, presidía el trabajo en el campo, dando ejemplo a los trabajadores y comiendo con ellos el pan negro, y cada semana visitaba las granjas, los pastores, las siembras, los pastos.

Paolo Velèna, concentrado en su trabajo y sus negocios, dejaba poco a poco las riendas del patrimonio a su hijo.

Dulcemente, paso a paso, Sebastiano se imponía. Los miembros del servicio, cuando llamaban a la puerta de los Velèna, ahora preguntaban por el señor Sebastiano, no por el señor Paolo.

—Sebastiano esto, Sebastiano lo otro, ¡parece que Paolo Velèna haya muerto! —decía este último con una sonrisa. Pero él estaba fuera durante meses y Sebastiano dirigía haciéndose respetar y querer.

No se relacionaba con la sociedad señorial, iba con la gente de su verdadera clase, es decir, con los principales, ya fueran con traje o de paisano, como él. Casi siempre fuera de casa, en las pocas horas que estaba allí trabajaba en el huerto o atendía la correspondencia de su padre.

Anna lo perseguía con su presencia y sus preguntas, a veces indiscretas, hasta en la oficina, como llamaba a la sala de trabajo de Paolo Velèna, una habitación llena de registros, de facturas, de cartas, de códigos comerciales, de papel de carta con membrete —Paolo Velèna, comerciante—, de libros de la empresa y de ese desagradable olor que dejan los aperadores, los descortezadores y los carboneros cuando se detienen en un sitio.

Anna encontraba allí dentro algo agradable que no sabía ni quería definir. Tal vez era el perfume acre del trabajo, de la mano de obra, del esfuerzo, de la ganancia acumulada a fuerza de sudor y de mucho cuidado.

—¿Sabes cuánto dinero ha pasado por esta mesa? —le preguntó Sebastiano—. No te lo puedes ni imaginar. Si yo lo tuviera todo, colonizaría Cerdeña.

—¿Qué significa eso?

—Eh, no lo entiendes. Déjame escribir esta carta, por favor.

Se lo decía con tanta amabilidad que ella se iba a hacer bailar a Nennele, mientras le tarareaba una cancioncita en dialecto.

A propósito de Nennele, el día que Anna se puso su vestido nuevo quedó tan contenta que tuvo una idea de gratitud.

—¿Por qué no despedís a Elena? —le preguntó a la tía.

—¿Y por qué? ¿Acaso te ha ofendido?

—No, pero, ya que estoy aquí, para cuidar del niño, ¿qué necesidad hay de tenerla a ella?

—¿No te aburrirás?

—¡Al contrario! Despídela, tía...

Sentía la necesidad de ser útil en la casa que empezaba a considerar como propia.

—Ya lo veremos —respondió Maria Fara.

Con el paso de los días, Annicca olvidaba las impresiones de su antigua vida. Doña Anna, la vieja casa amarilla, el pueblo, el tañido de las campanas, las antiguas visiones, todo se alejaba poco a poco, se desvanecía. Cada hora de sueño ayudaba al olvido. A veces, al despertarse de repente, revivía un momento su antigua vida y le parecía que estaba acostada junto a la abuela, en el dormitorio oscuro, pero pronto se volvía a dormir y, a la mañana siguiente, también olvidaba las sensaciones de la noche. De este modo, esa brizna de nostalgia que había sentido los primeros días se desvaneció y ella volvió a ser como antes, alegre, no ruidosa, a menudo ingeniosa. Ya no se sonrojaba cuando le dirigían la palabra, ya no daba las gracias y ocupaba su pequeño lugar en la familia, un lugar que se encontraba en el vacío que quedaba entre los diez años de Caterina y los dieciséis de Lucia y Angela.

En la iglesia, ya no se maravillaba con el sonido del órgano y las señoras ya no la humillaban como el primer día. A lo sumo, seguían escandalizándola con su irreverente comportamiento, que en los servicios de Semana Santa llegó a su punto culminante. En la multitud pasaba como un murmullo de satisfacción en lugar que de tristeza. Todo el mundo se apretujaba, charlaban, reían, los estudiantes y los oficiales se acercaban a las señoras, y solo las viejas aldeanas escuchaban la lúgubre voz del predicador.

Anna era devota, y esto la fastidiaba y la afligía. Arreglada con su vestido nuevo, con guantes, con un corbatín de crespón alrededor del cuello, estaba en silencio, procurando escuchar los sermones o leer los salmos en su gran libro de oraciones.

Había llegado a tener cierto dominio sobre Caterina; hacía que se sentara cerca de ella y le ordenaba que estuviera tranquila, de lo contrario, la amenazaba con contárselo a Sebastiano. Caterina miraba con envidia a los niños que corrían a través de la iglesia, pero se quedaba callada y quieta.

En Semana Santa fueron a confesarse, y Anna tomó la eucaristía. Por su parte, Antonino, que no llegaba a la celosía, también entró en el confesionario y se acusó, entre otras cosas, de haber matado a tres lagartos y enterrado un grillo vivo.

Lo mejor fue que Caterina, arrodillada allí delante, oyó la confesión de su hermanito y, en cuanto volvieron a casa, después de besar la mano de todos y pedir perdón, aireó los pecados del niño, lo que causó un gran revuelo. Antonino se puso a llorar y su madre le dio una severa lección a Caterina.

Pero esto no perturbó la paz mística del espíritu de Anna, que seguía en éxtasis. Sentada al sol, hacía calceta y recitaba la penitencia.

Esa noche, en la cena, propuso de nuevo que despidieran a Elena, pero su tío se opuso con firmeza, y sonrió al pensar que, tal vez, la idea de Anna era consecuencia de la confesión. De hecho, el confesor le había dicho a la huérfana que se hiciera útil en la familia.

Paolo Velèna, al igual que su esposa y sus hijas, profesaba sentimientos religiosos de forma abierta. Cesario, por otro lado, se declaraba ateo y repetía las frases de los periódicos anticlericales, tal vez sin comprenderlas. A Sebastiano, si se lo interrogaba al respecto, decía con una sonrisa que él simplemente era cristiano y que deseaba que el trabajo y la prosperidad se repartieran entre todos los hombres.

Los viernes y los sábados no se comía carne en casa de los Velèna.

En la noche de la confesión de las jóvenes, el Jueves Santo, las criadas sirvieron merluza frita y nueces, ensalada, atún en aceite y arrope para mojar el pan. Las mujeres, como es costumbre en Cerdeña, bebieron muy poco vino.

Después de la cena, había quien leía y quien jugaba a cartas, pero aquella noche nadie quiso hacerlo porque jugar a cartas, incluso aunque no hubiera apuestas por medio, se consideraba un pecado leve.

—Pero ¿por qué no atiendes el deseo de Annicca? —preguntó Maria Fara a su marido cuando estuvieron en su habitación.

—¿Es que no ves que es una chiquilla débil, una niña? ¿Cómo quieres que soporte el fastidio del pequeño? Todavía necesita jugar, y tiene ganas, créeme. ¿Y quieres que lo lleve de paseo, como hace la sirvienta?

—Para eso está Rosa.

—No, dejémoslo. Ahora Annicca piensa así, pero en cualquier momento podría reprocharme que la hubiera puesto a hacer de sirvienta.

—No lo creo. Tiene buen carácter —respondió Maria, un poco disgustada.

—Precisamente por eso no deberíamos abusar de ella —observó Paolo Velèna mientras montaba el reloj como hacía cada noche y lo colocaba en el soporte hecho de semillas de melón unidas con hilos de oro.

Maria apagó la luz y encendió la lámpara de noche colocada dentro de la chimenea, para mayor seguridad.

En la penumbra casi rosada, donde la cama blanqueaba con un dulce aire de reposo, Maria tuvo el valor de exponer ante su marido su deseo, que era ahorrar los gastos de Elena, ya que podía hacerse.

Maria Fara seguía siendo una hermosa mujer morena, alta y fuerte, mientras que Paolo era más bien pequeño y delicado. Adoraba a su mujer, pero no se dejaba dominar por ella. No le confiaba sus secretos relativos al comercio y no le daba todo lo que pedía. Tal vez por eso Maria lo tenía en mayor estima y le mostraba ese respeto que hace que se aprecie mejor a una mujer.

—¡Qué va! —exclamó Paolo, con la voz ligeramente áspera—. ¿Acaso crees que Anna está a nuestro cargo?

Más dulcemente, le dijo que, de la herencia de la anciana doña Anna, a Annicca tal vez le tocaría un terreno de encinas. Esta fracción no rendía nada, por ahora, pero con el corte de la madera se podría ganar una buena suma.

—Invertiré el pequeño capital obtenido en el comercio. Y para que Anna se gane la vida honestamente será suficiente, ¿entiendes?

Maria comprendió y no dijo nada más.

Mientras se pensaban cosas tan serias de ella, Anna rezaba en la cama, y Caterina pensaba en las niñas de huevo y los otros dulces que debían hacerse para la Pascua.

De hecho, el sábado se encendió el horno y Maria, junto con sus hijas y las sirvientas, hicieron el pan y los dulces de Pascua. Las niñas de huevo eran unas extrañas figuritas de masa, con forma de niñas envueltas, con un huevo por cabeza y dos o tres almendras colocadas a lo largo de la espalda.

Hacia el anochecer, cuando el sacerdote vino a bendecir la casa, le ofrecieron dulces y huevos y echaron algo de dinero en el balde del agua bendita.

Caterina tomó un poco de esa agua y la arrojó al pozo.

—Así, toda el agua está bendecida y nunca nos faltará.

El día de Pascua, se enviaron paquetes de dulces a Cesario, y Sebastiano podó la parra. El huerto ya estaba plantado de nuevo; el sol hacía brillar la escarcha que blanqueaba los surcos regulares, sobre los que titilaban las pequeñas hojas de las hortalizas, y los almendros resplandecían de un verde suave y brillante. Y el buen Jesús, que en invierno cubre los tejados del pobre con suaves alfombras de terciopelo verde, resurgía entre la leticia de los espinos en flor, de las flores del melocotonero que se dibujaban como ramos de rosas en el profundo azul del cielo.

La Cuaresma pasó y, con la vuelta de los cálidos días de abril, Caterina y Antonino volvieron a jugar como locos en el huerto y fuera de este, en la ladera que daba a la carretera. Annicca se divertía con ellos. Parecía que la primavera le hacía volver a ser una niña.

De una a dos, desde las cuatro hasta el anochecer, no había forma de encontrar a Antonino, Caterina y Anna en casa.

«¿Dónde están, dónde no están?». Maria Fara salía al huerto y los llamaba en voz alta. A veces la cabecita de Caterina asomaba detrás de la pared, en medio de un arbusto de espino que ya echaba sus flores, y la niña respondía:

—¡Ahora vamos!

Pero, sencillamente, no entraban en casa.

Allí abajo había un embrujo desconocido, en aquella franja salvaje de campo. Desde la carretera, se veían claramente a aquellos tres duendecillos con su cabello al viento; corrían muy rápido, se encaramaban como las cabras, y nunca se hacían daño. Por la noche, regresaban con la ropa rasgada, las uñas sucias de tierra y los zapatos rotos. Todo castigo, toda advertencia, eran en vano.

Allí abajo había una especie de cueva donde los pequeños Velèna encendían un fuego y preparaban la merienda; a veces invitaban a las amigas que pasaban por allí por casualidad. A menudo, Caterina y Antonino volvían de la escuela con dos o tres compañeros a los que llevaban a ver el huerto. Comidas, cenas, juegos de caza, obras de teatro y juegos se sucedían vertiginosamente. Cantaban en coro, se decía la misa y se celebraban funerales.

En ocasiones, Anna se cansaba y se apoyaba en la pared desde la que tenía una panorámica de la escena, con su cabello tupido despeinado, víctima de un repentino malhumor, mientras que Caterina, embriagada por el juego, saltaba, gritaba, volaba. Casi todos los días había peleas entre Antonino y Caterina, o entre Caterina y Annicca.

Uno de ellos, entonces, entraba en casa llorando, pero, como nadie le daba la razón, acababa volviendo abajo.

—No estudian, no trabajan, no piensan en nada —decía la señora Maria, desolada—. También han malcriado a Anna, que cuando llegó parecía una mujercita hecha y derecha.

En realidad, Anna, que presumía de hacer una media en ocho días, había empezado una hacía más de un mes, y estaba lejos de estar a punto de terminarla.

Ni siquiera el calor, ni el sol, ni el bochorno podían impedir a los tres niños sus correrías. Los pasatiempos invernales se habían olvidado por completo. Ya no se jugaba a las cartas, a las damas, al dominó. Los gatitos, las gallinas, el perro, hasta las muñecas, como si no existieran.

A riesgo de hacerse daño, siempre estaban allí, incluso de noche, ahora que las noches eran claras, fragantes y cálidas.

Cuando llegaron los exámenes se produjo una tregua, y Caterina no habló de otra cosa. Pasó a estar seria y preocupada. La aprobaron así, sin matrícula de honor y sin críticas, pero Antonino, como era de esperar, suspendió. Regresó a casa pálido como un muerto.

—¡Está bien! —le dijo su padre con frialdad—. Serás un buen sacerdote…

El chico se puso lívido. Para él, la amenaza de meterlo en el seminario era terrible. Prometió que estudiaría durante las vacaciones, pero, tres días después, Tele 'e gardu, como llamaban a la ladera de los juegos, resonó más fuerte que nunca con sus chillidos, con la música de sus ocarinas de caña y con el chillido de los grillos hechos prisioneros.

Cuando Cesario regresó para sus vacaciones, en julio, se percató de que Anna se había convertido en una mujercita de la casa. En su hogar, ya no se sentía intimidada ni por él ni por los demás, y Cesario habló de ello con su madre, de quien era el hijo predilecto.

Maria lo puso al día de cómo iban las cosas; el terreno, como se había previsto, había caído en manos
de Annicca, y Paolo Velèna ya había previsto la tala.
Así que Anna no vivía a cargo de nadie.

—Siempre que no se vuelva arrogante —observó
el estudiante.

—Esperemos que no.

Unos días después, Cesario dijo:

—Veo que Sebastiano y Anna se llevan muy bien.
Acabarán casándose…

Maria Fara negó con la cabeza. No, Anna tenía ins-
tintos señoriales y aspiraría a un empleado, no a un
propietario y agricultor como Sebastiano, a quien le
convenía una esposa fuerte, tal vez una aldeana rica e
ignorante.

—Contigo, mejor —observó Angela, que estaba
presente en la conversación. Pero Cesario sonrió. Él
ya hacía el amor con una noble dama de Cagliari, una
verdadera señorita que le escribía en papel florido y
perfumado.

Después de todo, se trataba de una pasión superfi-
cial, como todos los sentimientos de Cesario. Se había
vuelto más atractivo y escéptico, y la palidez dorada de
su rostro, el esplendor de las gafas que ocultaban dos
grandes ojos oscuros y miopes y su bigote creciente
llamaban la atención. En Orolà se aburría como una
ostra. Le parecía que toda la gente era retrógrada y
estúpida, y pasaba días enteros encerrado en su habitación, leyendo novelas de todo tipo que lo sumergían
en sueños extraños e irrealizables.

Estos sueños —la visión continua y atormentadora de un mundo diferente, donde no existían las oprimentes mediocridades de la vida que lo rodeaba— eran el secreto de su pesimismo y su superioridad.

Sebastiano, por otro lado, se estaba convirtiendo en un joven fuerte; con unos hombros hercúleos de campesino, seguía siendo, no obstante, un niño tranquilo y satisfecho.

No era ni de lejos tan atractivo como Cesario; las vigilias y el estudio no rodeaban de azul sus ojos agudos, negros y claros, pero la salud y la fuerza florecían en su persona musculosa, en su frente bronceada, en sus labios rojos. Sus dientes relucientes brillaban con cada sonrisa.

La vida seguía igual, monótona y tranquila. Había ciertos mediodías, cuando las ventanas estaban cerradas y todos dormían la siesta, en que parecía que la casa de los Velèna estuviera deshabitada.

En los bochornosos días de agosto, Lucia y Angela se aburrían, Caterina y Antonino desaparecían en los rincones de la casa, vagando en silencio como almas condenadas, sin encontrar la paz, y Anna, tumbada bajo la pérgola, yacía inmóvil con los ojos cerrados como un cadáver, oprimida por un misterioso cansancio.

Sebastiano salía a caballo temprano por la mañana y regresaba por la noche. Entonces, un soplo fresco de vida parecía acariciar las almas de los pequeños y también de los adultos. En el patio refrescado, la luna proyectaba una luminosidad tenue, blanca, todas las puertas y las ventanas estaban abiertas de par en par al aire fresco, y Caterina dejaba escapar pequeños gritos de alegría.

El caballo piafaba sobre el empedrado del patio y Sebastiano iba a lavarse la cara bronceada del polvo y del sol en el agua del pozo. El secreto de la sutil alegría que acompañaba el regreso de Sebastiano yacía en los cestos de caña que llevaba en la pequeña alforja blanca con flores rojas. Porque Sebastiano siempre los traía llenos de las primeras frutas. Albaricoques y ciruelas, higos, moras blancas y los primeros racimos de uvas. En ese momento, se hacía la recolección de las almendras y Sebastiano se esforzaba más que nunca, dando órdenes y ayudando a los recolectores. Regresaba totalmente agotado; después de cenar, se iba a la cama y dormía profundamente.

Cesario sentía envidia de él y, en ocasiones, se acusaba a sí mismo de poca conciencia porque malgastaba mucho dinero, mientras que Sebastiano trabajaba como un sirviente.

Un día quiso probar la vida en el campo. Saltó sobre el caballo y siguió a Sebastiano. La visión de los recolectores de almendras, gente pobre y hambrienta, vestida con harapos, que comía pan negro sin compango, lo conmovió y le hizo ser consciente de lo feliz que era en comparación con ellos. Luego se aburrió. El campo era seco, árido, triste. El sol irradiaba fuego a través del polvoriento campo de almendros. Y en la bochornosa luminosidad de la tarde, los campos amarillos de rastrojos, de espigas salvajes espinosas, de cardos secos cubiertos de una triste floración púrpura adquirían, para Cesario, un aspecto horrendamente desolado y árido.

Pensó con nostalgia en su habitación fresca y silenciosa, y una gran tristeza se apoderó de él mientras miraba a Sebastiano, perdido entre aquella multitud de miserables agachados en el suelo. Cesario se alejó; vagó bajo el sol y buscó el río, cuyas orillas, pobladas de saúcos, adelfas y culantrillos, le brindaron un poco de alivio. Cometió el error de tirarse al agua argentina, cuyos meandros bañados por el sol reían con una sonrisa malvada. Cesario padeció de fiebres. Después de aquel día, cualquier instinto campesino, a pesar de haberlo heredado de su padre y de sus abuelos, se extinguió en él.

Tres años después

Cuando tenía diez años, Sebastiano se había caído en una zanja y se había roto el hueso del dedo corazón de la mano derecha. Este defecto, que lo acompañaría siempre, lo había liberado del servicio militar, a pesar de su cuerpo sano y vigoroso.

Así que Cesario tuvo que servir en su lugar e interrumpir los estudios, ya que aún no había logrado sacarse el título de bachillerato.

Al principio sufrió muchísimo. Escribía cartas tristes, y, sin la ayuda que su madre le daba en secreto, que le permitía vivir tal vez con más lujo que sus aborrecidos superiores, habría cometido alguna locura.

Pero la disciplina y las marchas forzadas lo consumían sin domarlo. Se había ido con fiebres, regresó de permiso casi moribundo y hubo un momento en que temieron por su vida. Así que le concedieron un permiso de tres meses durante el verano siguiente. Poco a poco, se recuperó; se convirtió en suboficial, luego en oficial de complemento y, con el alegre brillo de las insignias, creyó que se había convertido en un personaje importante.

En el último mes que pasó en Orolà, Cesario se puso de moda. Era de una extraña belleza, pálido, consumido, con los ojos hundidos y sombríos, unos ojos que eran un misterio tras el cristal centelleante de las gafas doradas.

El tintineo metálico de su largo sable despertaba emoción en las chicas guapas de la ciudad, de modo que Gonario Rosa, el compañero, el amigo inseparable de Cesario, desaparecía a su lado. Sin embargo, a Gonario, que era muy rico y apuesto, siempre lo habían considerado un conquistador. Hubo un momento en que Cesario meditó si seguir la carrera militar y acudir a la escuela de Caserta para estudiar y convertirse en un oficial efectivo. También pensó en acelerar sus estudios de Medicina para convertirse en médico militar.

Pero, de repente, se enamoró de una joven… pobre. A pesar de su actitud y escepticismo, Cesario se enamoraba fácilmente, y olvidaba a unas con otras. Esta vez se enamoró tanto que abandonó sus brillantes y ambiciosos planes. Constituir la dote, con sus propios bienes, no se le pasó por la cabeza; de hecho, todas las posesiones que podrían corresponderle no alcanzaban la suma deseada, y, además, la familia no lo habría permitido.

Retomó sus estudios, por lo que dejó la vida militar con pesar y con agrado a la vez. Durante el servicio, había conseguido el título de bachillerato y se había matriculado en la universidad.

Tras muchas discusiones, se matriculó en Derecho, animado por Gonario Rosa. Y partió hacia el continente, a Roma. En la casa de los Velèna se hicieron esfuerzos económicos para él, y crecieron las esperanzas. Allí abajo no había ocurrido nada en los últimos tres años. La vida seguía igual; con veinte años, Lucia y Angela seguían haciendo lo que hacían a los diecisiete; Caterina, si bien había terminado la escuela primaria, no había sentado la cabeza; sus vestidos cortos revoloteaban como siempre en Tele 'e gardu y su risa se elevaba al cielo. Antonino, que había dado el estirón —tenía entonces diez años—, parecía un poco más serio, pero siempre estaba jugando y Nennele le hacía compañía.

Anna, doña Anna, como la llamaban las sirvientas, solo Anna había cambiado y se había convertido en una jovenzuela. Ya no jugaba, pero el contacto constante con Caterina no le permitía todavía ser seria y mesurada.

A veces bajaba a Tele 'e gardu y ella también se reía con la alegre banda, pero luego se arrepentía y se lamentaba.

Era la dulzura y la bondad en persona, como Sebastiano, que, con veinticinco años, era la fuerza, la juventud y la honestidad personificadas.

Sin embargo, ya no se llevaban tan bien como en los primeros tiempos. Ahora Sebastiano había depositado toda su amistad y afecto en Caterina, y algunos días parecía no reparar en Anna.

A Caterina le ofrecía todos los cuidados, todas las sonrisas. Le reservaba las frutas más exquisitas, la llevaba en el lomo de su caballo al campo, en la mesa le daba las mejores raciones y, a veces, en las noches de verano, la llevaba a pasear, a tomar sorbetes, cosa que no hacía con Anna ni con las demás hermanas.

Anna no se quejaba: sabía muy bien que no era su hermana, ni siquiera pensaba en ello, y, si lo hacía, recordando la relación íntima que había tenido con Sebastiano el primer año, se decía a sí misma que, de haber continuado, podría haber hecho que sus hermanas mayores y su madre se pusieran celosas.

Y Anna quería estar tranquila en aquella casa. Con el paso del tiempo, se había hecho una buena idea de su posición y veía claramente cada línea de su porvenir. Era consciente de que en casa de los Velèna era apreciada y la trataban como a una hija, por lo que intentaba resultar útil.

Tal vez Paolo Velèna la quería más que a sus propias hijas. El trabajo continuo, árido e implacable hacía envejecer a Paolo más que el paso del tiempo; su cabello blanqueaba de forma evidente, y también menguaba en su cráneo; la palidez ebúrnea de las personas agotadas se superponía al color rosado de su rostro, y había días en los que él, tras dar un paseo a caballo, después de una larga ausencia de la casa o tras escribir muchas cartas, parecía tener sesenta años.

En aquellos días, Anna representaba un verdadero consuelo.

Al igual que su esposa, sus hijas se sentían cohibidas ante él, y, mientras lo colmaban de cuidados, se comportaban con timidez en su presencia y casi no se atrevían a mirarlo libremente. Anna, en cambio, no tenía ningún miedo. Cuando sentía que él estaba de mal humor, revoloteaba a su alrededor, a cierta distancia, como si espiara el momento oportuno para acercarse a él. Él se percataba y empezaba a tranquilizarse. Poco a poco, la chica se acercaba, le preguntaba si estaba molesto con ella, lo alegraba con su sonrisa y terminaba saltándole al cuello, haciéndole mil carantoñas que a él le recordaban los buenos tiempos, cuando sus hijos eran pequeños y corrían a caballo en su regazo. Como las personas mayores, Paolo Velèna pensaba que el pasado era más hermoso que el presente.

Así que amaba a Anna con ternura, porque ella solía recordárselo, y en su mente ya había tomado forma la idea de casarla con Sebastiano o con Cesario. Cesario era más adecuado, porque Anna era una dama.

¿Cómo se había transformado esa jovenzuela, de dónde había sacado su elegancia, su vivacidad, sus perfectos modales?

Pablo no se daba cuenta de que todo provenía de la exquisita bondad de un espíritu feliz de vivir, lleno de ideales sanos y amabilidad.

Caterina era una niña alegre, pero quizá se convertiría en una joven triste y sentimental porque tenía un alma inquieta y una imaginación ardiente; Anna había sido una niña equilibrada, alegre o triste según el reflejo de las horas o del entorno; así nacía en ella la muchacha tranquila, llena de sonrisas suaves y de sueños delicados.

La delicadeza de sus ropas y de sus acciones no era sino un reflejo de su bondad.

Así que se alegró mucho cuando, por culpa suya, aunque indirectamente, tuvo lugar un acontecimiento muy feliz en el hogar de los Velèna.

Las nupcias de Angela.

Después de muchos inconvenientes, finalmente se había resuelto la herencia de doña Anna, y, tal y como habían previsto, a Annicca le correspondía una parte del bosque de encinas, situado en un valle entre Orolà y el pueblo.

Paolo Velèna, con el consentimiento de Anna, decidió realizar una tala y, como buen augurio para la muchacha, pensó en organizar una fiesta en el bosque el día en que se marcarían los árboles a talar.

Porque deben saber, mis lectores, que es necesario recibir una autorización de las autoridades forestales para realizar una tala de árboles. El propietario no puede talar todos sus árboles; debe dejar un determinado número, y es necesario que los guardas forestales, dirigidos por un inspector, marquen los que se van a talar.

Aquel año, en Orolà, el inspector forestal era un joven sardo, rubio y amable. Se llamaba Pietro Demeda; como empleado, era de una severidad tal que muchos lo odiaban. Con los Velèna, sin embargo, mantenía una buena relación, y Paolo lo trataba con amabilidad para contar con posibles favores.

Entonces le dijo que, para el marcaje de los árboles de Anna Malvas, llevaría a su familia al bosque, y lo invitó a participar en la pequeña fiesta.

Pietro aceptó con entusiasmo, pensando que habría hermosas jóvenes. Él vivía solo en Orolà, donde no todos los días tenía la suerte de charlar con mujeres jóvenes y hermosas.

La vida árida de los cafés, de aquellas tertulias en las que siempre se decían las mismas cosas, entre bostezos maliciosos o tediosos, pesaba sobre él como un manto de plomo. Con la esperanza de hacer carrera y de marcharse algún día a una gran ciudad soportaba el peso de la existencia en Orolà, cuya máxima diversión eran las noches que pasaba despierto en compañía de otros hombres, las serenatas callejeras bajo las ventanas de las hermosas muchachas o alguna salida ocasional al bosque, como la que le había propuesto Paolo Velèna.

El bosque estaba a tres horas del pueblo.

Antes del amanecer, un nítido amanecer de mayo, todo el mundo en casa de los Velèna estaba en pie.

Las sirvientas ya habían partido en un carro cargado de bártulos y de provisiones. Paolo Velèna no era vanaglorioso y nunca hacía gastos innecesarios, pero, cuando hacía algo, lo hacía bien. Así, los mejores vinos de su bodega, comida exquisita y fruta excepcional estaban en camino hacia el bosque. La comitiva, a caballo, partió de Orolà a las cinco de la mañana.

Lucia, Angela y Anna cabalgaban con audacia y confianza en caballos buenos y bien entrenados. Solo el caballo de Angela era un poco espantadizo, impaciente, pero la muchacha lo mantenía rigurosamente embridado con su mano blanca y fuerte.

Caterina se sentó a lomos del caballo de un joven invitado y Antonio, en el de un guardabosques.

Nennele se había quedado en casa con su madre, y Sebastiano se ausentó de Orolà.

Sucesivamente, por las calles todavía silenciosas del pueblo y luego por la carretera inundada por la frescura de la espléndida mañana, la comitiva pasó con alegría.

Pietro Demeda montaba un hermoso caballo negro, con la silla de montar bordada de terciopelo. Iba vestido de cazador, con escopeta, revólver, pistola y cuchillo. Paolo también iba armado, y con los perros que los seguían, ladrando alegremente, daban la impresión de ser una partida de caza.

En realidad, Paolo sabía que había jabalíes en el bosque, y el día bien podría terminar con un poco de caza.

Las damas iban delante; los caballeros las seguían mientras razonaban entre ellos.

Caterina estaba de mal humor porque le daba vergüenza montar a lomos del caballo; Anna, en cambio, sonreía y admiraba con su instintivo gusto de artista los radiantes espejismos de la mañana. De vez en cuando le parecía reconocer los lugares por los que había pasado cuatro años antes.

—Pero ¡mirad! —exclamó de repente—. ¿Por qué, en lugar de venir con nosotros, Sebastiano se ha ido a otra parte? Se está volviendo cada vez más salvaje...

No continuó porque su caballo fue superado por el de Caterina, que obligaba a su jinete a galopar. Anna vio que Caterina, ya despeinada, hablaba animadamente con su compañero y sonrió mientras pensaba que su prima cambiaba de humor fácilmente. Hacía un momento había estado muy triste y ahora, de repente, alegre.

Después de la carretera, tomaron un atajo a través de una llanura pantanosa, donde los juncos crecían muy altos, entre las hierbas rubias por los efectos del sol de mayo. El extraño olor de los juncos y del agua estancada impregnaba el aire, y Anna, que no había visto nunca un lugar hermoso y peregrino como esa llanura, se sumergió en sus fantasías, mientras que Lucia y Angela también charlaban con el caballero de Caterina.

De vuelta a la carretera, Anna y Lucia pusieron a galopar a sus caballos y avanzaron rápidamente, hasta que se cansaron. Entonces, se detuvieron y miraron atrás, esperando.

En el brillante y vasto fondo de la llanura, los caballos y los jinetes parecían pequeñas manchas negras, bagatelas dibujadas en el esmalte de un cristal deslumbrante. En la gloria del sol de mayo, los pastos exultaban de flores, y el fruto de las altas y verdes espigas ondeaba bajo la caricia del viento.

Anna nunca olvidaría esa espléndida mañana.

Por lo demás, todos estaban felices, embriagados de verde y de sol; incluso los perros parecían locos de alegría, y Mahoma corría de vez en cuando a lamer los pies de Anna.

De nuevo dejaron atrás el camino; bordearon un bosque, cruzaron dos parcelas y, alrededor de las ocho de la mañana, una fina columna de humo azulado que brotaba de la bóveda sombría de un bosque de encinas anunció a los viajeros que habían llegado.

Las sirvientas, de hecho, ya estaban cocinando.

Tras desmontar, Anna se sintió bien orgullosa de estar en su bosque, y el saludo de las sirvientas, que la llamaban doña Annicca, le pareció un homenaje.

Pero, por desgracia, durante el resto del día, nadie pareció darse cuenta de que ella era la reina de la fiesta. Todos los cumplidos de los jóvenes, y especialmente de Pietro Demeda, iban dirigidos a Lucia y a Angela.

Anna también se había convertido en una señorita, pero era tan insignificante al lado de la alta y sonrosada Angela y de Lucia, tan hermosa, que nadie podía prestarle atención. Con su trenza sobre sus frágiles hombros, seguía pareciendo una niña, y la dulce elegancia de su personita no era suficiente para atraer la atención de los jovenzuelos.

Aquel día, Angela y Lucia estaban más bellas que nunca, así que ¿quién podría fijarse en Anna?

Pero también ella parecía no prestar atención a nadie, con la mente ausente: ¿no tenía sueños, o su sueño estaba muy lejos? Era difícil de saber, porque en su frente purísima no pasaba una nube y su boca siempre sonreía. Durante la mañana, mientras se marcaban las encinas y Angela y Lucia ayudaban a las mujeres con los preparativos del almuerzo, Caterina, Antonino y Anna jugaron en el balancín bajo las encinas. Después del almuerzo verdaderamente suntuoso, mientras todos se abandonaban a una exagerada alegría, Anna y Caterina desaparecieron. Se fueron cerca de una fuente, entre la hierba y las flores, y se tumbaron.

—Parece el Edén —dijo Anna.

Cortinas de yedra y de líquenes envolvían las encinas, a través de cuyo follaje el sol enviaba una luz dorada y el cielo sonreía azul, diáfano, distante. Los pájaros enamorados cantaban; insectos invisibles y grandes mariposas con alas escarlatas adornadas con esmeraldas pasaban aleteando sobre los tallos de las lilas y los muguetes blancos.

A lo lejos se oían las voces de la comitiva, y Anna y Caterina, hundidas en la hierba, después de decir muchas cosas alegres, se quedaron dormidas.

El sol se estaba poniendo cuando el grupo se puso en marcha de nuevo. Paolo seguía empeñado en cazar un poco en el camino de vuelta, y un guardabosques dijo que había visto un pequeño jabalí deambulando por el bosque. Paolo y Pietro se adelantaron, con la esperanza de dar caza al pequeño jabalí. Pronto desaparecieron seguidos por los perros, y las jóvenes continuaron, tranquilamente, acompañadas de los demás invitados. Pero, al llegar al límite del bosque, vieron que los dos cazadores no habían encontrado nada. Los perros rebuscaban inquietos a través de la espesura y Mahoma olisqueaba el paso del jabalí.

Paolo y Demeda estaban al acecho. Un pastor les había confirmado la existencia de un jabalí joven que, cada tarde, al anochecer, cruzaba el bosque para ir a beber al manantial junto al que Caterina y Anna habían estado descansando.

—Nosotros nos quedamos aquí —le dijo Paolo a Angela—, nos quedaremos otra media hora, quién sabe si Mahoma puede encontrar al jabalí. Vosotras, mientras tanto, podéis continuar.

—Nosotras, mientras tanto —respondieron al unísono las muchachas—, también nos quedamos.

Se quedaron. Para no obstaculizar la caza, se retiraron a un terreno elevado y procuraron mantenerse quietas y en silencio. De hecho, Anna, Lucia, Caterina y Antonino se bajaron de los caballos. Tan solo Angela permaneció a lomos del animal.

—Baja —le dijo Lucia—. Te cansarás o te harás daño.

—Estoy bien. Si os molesto, me voy.

—No es por eso.

Pero Angela se alejó y se detuvo con el caballo detrás de un árbol, desde donde se divisaba el bosque y el valle. Los cazadores estaban al acecho. Un poco por debajo de ella, Angela vio a Pietro sentado detrás de un arbusto y con la escopeta en la mano; el joven le sonrió y la saludó.

Pasó casi media hora. Las chicas empezaron a aburrirse; estaba anocheciendo, los cazadores seguían quietos y en silencio y los perros iban y venían sin encontrar nada. Quieta también, Angela espiaba de vez en cuando el borde del sendero; tuvo la sensación de participar de forma activa en la caza y sintió un cruel placer de anticipación y ansiedad.

De repente, Mahoma reapareció: una emoción ondeaba por su elegante lomo, la cola se agitaba y sus inteligentes ojos brillaban. Paolo comprendió que el lebrel debía de haber visto al jabalí.

—¡Vamos! —exclamó. Mahoma se puso en marcha como una exhalación, seguido de los otros perros.

Angela los oyó ladrar furiosamente detrás de una elevación. Un disparo resonó, luego otro, luego otro. La espesura de la emboscada se estremeció; el ladrido de los perros se acercó y Pietro levantó la escopeta.

El caballo de Angela mordía el bocado, se agitaba y se movía. El pequeño jabalí, ya herido, apareció en el sendero; era una bestia de un año como mucho, con el pelaje brillante, con finas rayas negras y amarillo oscuro. Pietro apuntó de inmediato y disparó. El tiro fue tan repentino, tan cercano y fuerte, que la muchacha se asustó; luego vio que el bosque oscilaba sobre su cabeza y el valle bailaba, con la espesura, los arbustos y las piedras movidas por un torbellino vertiginoso. Entonces dio un grito desgarrador y se golpeó la frente contra un montón de piedras. El caballo, asustado, emprendió una loca carrera por la ladera, y Angela se había caído miserablemente.

Pietro había matado al jabalí, pero la caída de Angela ensombreció el resultado inesperado de la cacería.

Tuvieron que esperar un cuarto de hora hasta que la muchacha recobró el sentido; se había herido la cabeza de gravedad y estuvo postrada en la cama dos semanas.

Cada día, el inspector iba a visitar a la querida enferma, y, si no podía ir, enviaba a sus guardias a solicitar noticias.

Así, la tristeza de los primeros días se transformó en un sentimiento de vaga alegría y anticipación. En casa de los Velèna no se atrevían a hablar de esta esperanza, pero todos, de Paolo a Caterina, veían que Pietro estaba enamorado de Angela y presentían que pronto le pediría matrimonio. Era un partido estupendo. Solo Angela parecía no darse cuenta, molesta por la larga convalecencia; pero, poco a poco, la herida se curó, le quitaron los vendajes y ella perdió el aire de monja medieval que le otorgaban las vendas blancas.

El día de san Pietro y san Paolo, Pietro Demeda mandó un regalo a Paolo Velèna, y Paolo lo invitó a comer. A esas alturas, todo el pueblo decía que el inspector salía con Angela. Por su parte, Angela, resultaba evidente, también estaba enamorada, y Caterina la atormentaba sin cesar. Si se encontraban en el huerto, escribía rápidamente junto a los pies, por los caminos, con una caña, el nombre de Pietro, dibujaba algunas *p* con carboncillo en las paredes, le daba a elegir entre tres flores para ver qué nombre salía e, inevitablemente, ¡la flor que Angela elegía era el San Pietro!

Angela disfrutaba y sufría. Se dio cuenta de que Demeda prefería su compañía y que, cuando paseaban o iban a la iglesia, no dejaba de mirarla: pero, por el momento, todavía no había recibido de él una verdadera palabra de amor.

Sebastiano, por su parte, estaba inquieto y nervioso; sentía y veía, y habría deseado que Pietro Demeda acabase con sus visitas o se explicara abiertamente.

Un día regresó muy pálido y sombrío y llamó a Agata, una de las dos sirvientas, y la llevó a un rincón alejado del huerto.

Desde la ventana de la habitación de Cesario, Anna vio la escena por casualidad.

Sebastiano hablaba entre dientes, con la cara lívida, y levantaba de vez en cuando su puño sobre la cabeza de Agata. Finalmente, la sirvienta sacó una carta y se la entregó: él la leyó, la hizo pedazos y dio un empujón a la mujer.

Al día siguiente, Pietro Demeda pidió formalmente la mano de Angela. Y, más tarde, Anna recibió la explicación de lo que había visto.

Pietro le había dado a Agata una carta para Angela, pero Sebastiano, que vigilaba a las sirvientas, se había dado cuenta.

—Vas a decirle a ese señor —le dijo a Agata después de romper la carta— que Angela Velèna tiene buenos padres y mejores hermanos. Y tú, esta noche, prepárate para marcharte de la casa.

El primer día en que Pietro fue admitido en la casa como prometido, hubo una especie de recepción.

Aquel día, Anna se puso el vestido largo, y empezó a recibir algunos cumplidos, con los que sonreía y se sonrojaba. Los pies se le enredaban traicioneramente entre el volante de las enaguas, y de vez en cuando se inclinaba para buscarlos.

—Adelante —le dijo una vez Sebastiano al pasar por su lado—, parece que has adquirido algún título, ahora… Sabemos que estás en edad de casarte, ahora…

—¿Te molesta llevar el vestido largo? —preguntó Lucia—. A tu edad, Angela y yo habíamos olvidado incluso el día en que nos convertimos en señoritas. ¿O es que quieres ser una niña para siempre?

—Pero ¿qué dices? Es por la alegría, ¿no lo ves? —replicó Sebastiano, riendo.

Anna lo miró, airada, y se marchó con lágrimas en los ojos. ¡Ah, estaba muy claro! Sebastiano ya no la quería y la atormentaba con sus pullas, cuando no le demostraba una malvada indiferencia. Anna no dejaba de preguntarse qué había hecho para merecer eso, después de la dulce benevolencia de los primeros tiempos. Y no se daba cuenta de que Sebastiano la amaba.

Cesario. El ajuar

A finales de julio, Cesario regresó, precedido por unos cuantos días de Gonario Rosa. Gonario estudiaba ahora en Cagliari, mientras que Cesario regresaba de Roma.

Poco después de su llegada, los dos amigos ya estaban juntos. ¡Qué aire de gran señor cansado tenía Cesario y qué extraño olor a opoponax exhalaba su delicada ropa interior! Entre otras cosas, tenía un abrigo forrado de piel preciosa y un microscópico revólver Constabulary con un mango decorado con arabescos e incrustaciones de nácar.

—¿Para qué necesitas esto? —preguntó Anna mientras tocaba el revólver.

—¡Suéltalo! —exclamó él, casi con dureza, sin responder a nada más.

Anna miró el gabán y pensó en el gran abrigo de lana de Sebastiano: una sonrisa imperceptible le rozó la boca. En ese momento, Gonario Rosa entró y ella se marchó, seguida por la mirada del joven.

—¿De verdad esa de ahí es tu prima? —preguntó Gonario.

—Sí, yo casi no la he reconocido. Se ha vuelto muy apuesta, ¿no crees?

—¿Cuántos años tiene?

—No lo sé —respondió Cesario, y cambió de tema. Pero Gonario insistió.

—Me han dicho que se ha comprometido.

—¡Sí! Solo le falta un marido. Es Angela quien se ha comprometido con Demeda.

—¡Ah, es Angela! Me alegro mucho.

Tres años antes, Gonario había estado enamorado de Angela y de Lucia, pero ya lo había olvidado, al igual que Cesario se había olvidado de la noble muchacha que le escribía en papel de flores, así como de la que había truncado su carrera militar.

—¡Si tú vieras, en Roma! —Durante toda la tarde, no hizo más que hablar de los monumentos de Roma y de la extraordinaria belleza de las mujeres romanas. Aunque hablaba de ello con un fatigado entusiasmo y con un notable escepticismo, vino a decir que una villa romana valía por toda Cerdeña y que una mujer romana valía por todas las mujeres sardas. Sobre las primeras, Gonario se dejó deslumbrar; sintió envidia y humillación y le pareció que realmente era así, como Velèna decía, pero al final se cansó, lo contradijo, se burló de él, discutió con él y se separaron con frialdad.

Durante la cena, Cesario volvió a hablar de Roma; sus anteojos brillaban, y su hermosa y pálida figura representaba, en aquel comedor casi patriarcal, algo desconocido y extraño. Nennele y Antonino lo miraban con la boca abierta y Maria Fara tenía lágrimas de ternura y orgullo en sus ojos.

Incluso Sebastiano parecía un poco confundido o, por lo menos, mostraba mucho interés en lo que decía Cesario; solo Anna sonreía de vez en cuando, en silencio, con una sonrisa que conseguía crispar a Cesario.

Ella miraba las manos de Sebastiano, fuertes y bronceadas, y las manos de Cesario; ni siquiera Lucia tenía unas manos tan hermosas, tan blancas y finas. Con esas uñas largas, violáceas, cuidadas y que brillaban a la luz de las velas, Anna no sabía explicarse si lo que sentía por el apuesto primo de la camisa perfumada era respeto o desprecio.

Para las vacaciones de Semana Santa, Cesario se había ido a Nápoles, así que empezó a hablar de Sorrento y del barrio de Posillipo y de las maravillosas villas con vistas al mar.

—Muy bien —dijo Anna—, pero tú las has visto por fuera, ¿no es así?

Más tarde, en otra ocasión observó:

—Siempre es agradable donde se está bien…

Cesario le dedicó una mirada torva y desdeñosa, pero en los días que siguieron habló de forma menos fantasiosa en su presencia.

Él reanudó su antigua vida; permanecía largos días encerrado, tumbado en su cama, leyendo. Había traído grandes cantidades de novelas de todos los géneros traducidas al francés, ¡incluso prefería leer las novelas italianas en las insólitas traducciones al francés!

—Pero ¿en qué clase de abogado te vas a convertir? —le preguntaba Pietro, que hojeaba los volúmenes y los arrojaba aquí y allá.

En pocos días, los dos futuros cuñados se hicieron amigos, pero Pietro se divertía ridiculizando a Cesario. Al fin y al cabo, todo el mundo ridiculizaba a Cesario, tal vez porque todos lo envidiaban; nadie era más extraño y aparentemente más escéptico que él, y nadie más simpático que él.

Gonario Rosa, en el fondo, se parecía a él, o al menos intentaba imitarlo (habían pasado juntos los primeros años de su juventud, bebiendo en la misma fuente), pero, para no suscitar comentarios sarcásticos, Gonario evitaba destacar demasiado, como hacía Cesario. Cada tarde, Gonario acudía a casa de los Velèna para sacar a su amigo de paseo; Cesario lo esperaba, salían y a menudo pasaban la noche juntos. Y pobre de Gonario si alguna vez no iba o dejaba de lado a su amigo para salir con otros; entonces Cesario le montaba una escena; pero, en cuanto se separaban, uno ponía verde al otro. Cesario hablaba de Rosa con una sonrisa de piedad e ironía: una sonrisa fantasmal que dejaba a la vista sus dientes, que se habían vuelto amarillos por el abuso de los cigarrillos. Gonario era más terrible; nadie sabía ridiculizar a Cesario mejor que él, imitaba perfectamente su voz, su gesto, su forma de sujetar la maza o el abrigo, e incluso esa sonrisa espectral.

Sin embargo, había una cosa cierta: Cesario estudiaba mucho más que Gonario. Independientemente de lo que dijera Demeda, Cesario ocultaba un verdadero ingenio bajo esa superficie de niño viejo, con algunas canas a sus veintitrés años. Estaba familiarizado con la literatura moderna, con un buen conocimiento de los clásicos italianos y extranjeros, y ya había empezado un poderoso trabajo —*Las condiciones de Cerdeña bajo la legislación de los romanos*— que pretendía presentar como tesis de graduación.

Pietro visitaba cada noche a su prometida.

Parecía que una refrescante ola de vida y alegría hubiera entrado con él en el hogar de los Velèna.

Angela no era la única que lo esperaba en aquellas espléndidas tardes de verano; todos lo esperaban, mientras la cafetera borboteaba junto al fuego.

Este les traía las últimas noticias del día, les llevaba periódicos, libros y peladillas. En la alegre reunión, bajo el fresco cenador, olvidaba cualquier labor tediosa, cualquier incordio cotidiano.

Las chicas se reunían a su alrededor, y, a partir de la atención con la que lo escuchaban, riendo y sonriendo con él, casi no se distinguía cuál era su novia.

A veces también se quedaban los hombres; Cesario bajaba, Gonario acudía. Entonces hablaban de política, alzaban la voz y parecía que se olvidaban de las señoritas, que, a pesar de leer los periódicos, no eran tan ingeniosas como para inmiscuirse en esas cuestiones.

Por ese motivo, ellas deseaban que los jovenzuelos se marcharan, para quedarse solas con Pietro y sus discursos felices; pero, desde hacía algunas tardes, Anna se había dado cuenta de una cosa: que a Gonario le gustaba más quedarse con las chicas que salir a pasear. Anna entraba y salía, principalmente servía el café o el vino, llevaba las sillas al cenador, se levantaba para cualquier pequeña cosa. No perdía ni pizca de tiempo; mientras un rayo de luz penetrara a través del follaje del cenador, bordaba pañuelitos de muselina color celeste. Guardaba todo lo necesario en una bolsita que colgaba de su cinturón con una cadenita; con su vestido sencillísimo, de percal blanco con florecitas, con margaritas grises que se veían lilas, larguísimo, suavísimo, que delineaba casi vaporosamente la personita delgada, demasiado delgada, con aquel cabello maravilloso, siempre trenzado, con aquella bolsita de tela que a veces le daba un aire de damisela del siglo XIV, ¿acaso no era graciosa la pequeña Anna? Sus pies y sus manos se habían formado, pequeños y finos, su piel se había vuelto casi blanca, de una delicada palidez, y, en general, aunque tenía un perfil irregular y la boca demasiado grande, podría decirse que era una figurilla interesante, pero junto a sus primas quedaba mal, siempre desaparecía. Al lado de Angela, alta y majestuosa, Anna parecía una niña, y la sonrisa y los maravillosos ojos negros de Lucia eclipsaban cualquier belleza.

Sin embargo, Gonario Rosa contemplaba con placer a la pequeña Anna.

Ella se percataba, sentía el misterioso fluido de la mirada del joven, pero no percibía, no comprendía el sentimiento que aquella mirada despertaba en ella. Con la ingenuidad y la inteligencia que conformaban la esencia de su espíritu, ella sabía que Gonario quería algo de ella, pero aún no se atrevía a cuestionar su corazón.

En presencia de Gonario, ella experimentaba un vago sentimiento de alegría y de miedo, que era el primer albor de la pasión, pero, una vez que el joven desaparecía, con su rostro perfecto que parecía un camafeo de bronce, con aquellos ojos llenos de misterio, Anna se olvidaba de él. A lo sumo, su pensamiento volaba tras vagas fantasías, reminiscencias de libros que había leído, de escenas de las que parecía haber sido testigo en la realidad o en un sueño, en un tiempo indeterminado. Y se abandonaba detrás de los juegos de Caterina y de sus hermanitos, invadida por una extraña alegría.

—¿Por qué estás tan alegre? —le preguntaba Sebastiano.

—No lo sé —respondía ella. Y volvía a reír a carcajadas, sin saber el porqué, mientras este la miraba ensoñado.

Finalmente, Pietro Demeda fue trasladado a una ciudad del continente; entonces se habló de la boda, y se fijó para la Pascua del año siguiente; el tiempo necesario para preparar el ajuar de Angela, que todavía no se había provisto de nada.

Hubo largas conversaciones entre Maria y Paolo; una mañana llamaron a Angela al despacho. Sabiendo de qué se trataba, ella palideció ligeramente y, al entrar, apoyó la mano en la puerta.

Paolo estaba escribiendo.

—¿Qué quieres, papá? —preguntó Angela.

—Ya lo hemos decidido —respondió Paolo rápidamente—. Te casarás por Pascua. ¿Cuánto puedes necesitar? Tu madre dice que dos mil liras. Me parece demasiado…

Angela bajó la mirada, luego la levantó y contempló a su padre. Le pareció ver un ligero sufrimiento en aquel rostro que envejecía, y pensó instintivamente en las ingentes cantidades que Cesario había gastado ese año en Roma.

—¿De qué tipo de cosas tienes que proveerte? Sabes muy bien que no entiendo de estas cosas. Tu madre también me ha hablado de muebles. Pero ¿no es una tontería, teniendo en cuenta que os vais lejos?

—Sí, papá, la alcoba nupcial, al menos, tiene que ponerla la novia… —respondió Angela, pero se sonrojó, y al momento se arrepintió de haberlo dicho.

—Está bien. Ya pensaremos en esto más adelante. Por ahora te doy mil liras…

Abrió un cajón y le entregó un cheque del Banco Nacional.

—Eso sí, todavía no lo he firmado. Tendrás que decirme a quién se lo entregarás para que lo firme.

Angela tomó el trozo de papel que representaba su ajuar y, mientras miraba confusamente las largas líneas rectas en las que se había escrito el importe, y los pequeños agujeros, y la inscripción «pagad por mí al señor Paolo Velèna» —firmado «Elio Piccolomini»—, su padre continuó diciéndole algo que ella no entendió.

Angela salió desconcertada del despacho, invadida por una vaga tristeza al pensar que al cabo de un año estaría lejos de casa, en un mundo desconocido.

En un instante, la noticia de que Angela tenía mil liras se propagó por la casa, y Caterina la buscó de inmediato para pedirle una lira o, al menos, media lira.

—Hazme un favor —dijo Angela, molesta—, apártate de ahí o te arrepentirás.

Pero Caterina la atormentó toda la tarde. Era Antonino quien le había pedido que le consiguiera una pequeña suma. ¿Por qué? Misterio.

—Mañana empezaremos a coser el ajuar —le dijo Angela a Pietro, con una ligera sonrisa, mientras se encontraban solos un momento, junto al seto del huerto.

—¿Harás las compras aquí?

—¿Y bien? Hay de todo. No gastamos un céntimo en la factura, ya lo sabes. Excepto por la ropa.

—¿Quieres que escriba a Cagliari, a mi prima Grazia, la monja? Las monjas bordan muy bien. Ella puede ayudarte.

—¡No, no! —exclamó Angela, con énfasis—. Anna lo bordará todo. Tiene unas manos de hada. Me prometió que ella lo bordaría todo; de hecho, ya ha empezado…

Y se volvió para señalarla con el dedo. En efecto, Anna seguía bordando, aunque ya era casi de noche; había sacado su silla de la pérgola para disfrutar de las últimas luces del día.

Angela y Pietro hablaron de otras cosas.

—Me parece que estás sufriendo, ¿qué te pasa? —preguntó él, que la miraba. En efecto, estaba pálida y nerviosa.

—Nada, nada, no me pasa nada.

—¿Tal vez la cabeza? —insistió él. Y es que Angela, después de la caída del caballo, sufría fuertes dolores de cabeza; en ocasiones parecía que la herida cicatrizada y oculta por el cabello quería reabrirse.

—No, de verdad, no me pasa nada. Solo pienso en los días en los que no estarás —añadió con timidez.

Pero él le sonrió y le acarició la cabeza, y le dijo:

—Pero ¡volveré…, y para siempre!

Regresaron bajo la pérgola.

—Déjalo, Anna, ahora ya no se ve nada —dijo Angela al pasar junto a ella.

—No, solo me falta este festón y luego habré terminado, déjame —respondió la jovencita.

Pietro se inclinó para mirar y, en ese momento, Nennele y Antonino irrumpieron en el huerto junto con Gonario Rosa. Buscaban a Cesario.

—Es un bordado Richelieu —dijo Anna, y luego respondió a Gonario, que había preguntado si Cesario había salido—: Sí, ha salido ahora mismo. Es tarde. ¿Por qué habéis venido tan tarde?

—¡Me esperaba! —comentó Gonario. Y también miró el bordado y dijo:

—¡Qué paciencia! Ese bordado es como el de Aracne, ¿no es cierto?

Se apoyó en la silla de Anna, de modo que su chaqueta le rozó la cabeza.

—No, es un bordado Richelieu —repitió ella.

—¡Ah, Richelieu! ¿Aquí también hay Richelieu? ¿Y por qué Richelieu?

—¡Porque tenía los cuellos bordados así! —exclamó Pietro, riendo.

—¡Bendito Richelieu! —respondió Gonario—. Me gustaría ser Richelieu.

Pero Anna no comprendió la galantería.

—¿Por qué ser Richelieu? Está muerto.

—Sí, y también desaparecido. Pero quiero decir en lugar del bordado que lleva su nombre.

Anna dejó de bordar de repente; recogió sus cosas, las guardó en la bolsita y, ruborizada vivamente, se puso en pie.

—Y bien, ¿adónde habrá ido Cesario? —preguntó el joven.

Pero Anna no supo responder en el mismo tono, y tal vez ni siquiera lo oyó, porque murmuró:

—Son los pañuelos de Angela.

Incluso después de que todos hubieran entrado en la casa y de que Pietro se hubiera ido, Anna se quedó en el huerto, en la oscuridad, caminando inquieta.

Llegó hasta la pendiente, donde se percibía el cálido aroma de las noches de verano procedente del valle, de las montañas lejanas; y caminó y caminó, vagando por lugares que le parecían desconocidos y conocidos, oscuros y luminosos, llenos de misteriosas voces que vibran de alegría y de angustia. Buscaba la luz, buscaba la oscuridad; y de vez en cuando una extraña voz se alzaba desde su corazón, que la obligaba a detenerse, temblando de la cabeza a los pies en su vestidito blanco sembrado de margaritas.

—¡Me gustaría ser Richelieu!

Se compraron las telas, los encajes, los orillos, el hilo para bordar, los pañuelos, las toallas, los trapos de cocina, y comenzó el trabajo, diligente, fatigoso, deliciosísimo.

A Caterina la pusieron a hacer encaje y entredós de ganchillo. Al principio no quería saber nada de ello, pero, a fuerza de caricias y promesas, se puso manos a la obra. Al igual que Anna, era hábil en el bordado, así que Caterina, cuando quería, hacía maravillas de ganchillo; incluso se inventaba algunas con un gusto especial. Los deditos ágiles y finos parecían no tocar el hilo.

—Este de aquí —dijo Pietro una vez que se interesaba por los bordados de Caterina para complacer a Angela— es de estilo indio. Representa el nirvana, ¿verdad?

Como había dicho, Angela no gastó ni un centavo en la confección del ajuar.

Cortaban y cosían en casa. Anna siempre estaba bordando, y parecía poner algo de sí misma en su sutil y delicado trabajo. Flores blancas transparentes, pájaros con alas de velo que parecían querer emprender el vuelo hacia un horizonte blanco, rosas en relieve, cifras góticas y suaves ramos de extrañas hierbas blancas aparecían mágicamente bajo aquella aguja invisible, mientras sombras misteriosas cruzaban por la frente de la pequeña bordadora. Por encima de todo, Anna prefería hacer bordados Richelieu, y una sonrisa indefinible acompañaba el surgimiento de aquellas hojas serpentinas, de aquellas hojas de parra y de acanto con extrañas flores en el centro. Lucia cosía a máquina, cantando, la señora Maria cortaba y Angela, muy nerviosa, adornaba.

Angela no se contentaba con nada; no sonreía, ya no bromeaba. Se irritaba por pequeñas cosas; obligaba a Anna a que deshiciera hermosas cifras diciéndole que estaban mal hechas, y nada le gustaba.

Se calmaba a duras penas cuando llegaba Pietro.

Así llegó la vendimia y, durante un tiempo, dejaron de trabajar el ajuar. Hicieron algún pícnic, algunas excursiones alegres y ruidosas; Gonario siguió cortejando a la pequeña Anna, pero de una forma tan vaga y hábil que nadie se daba cuenta; ni siquiera Sebastiano, que, en medio de los incesantes cuidados de aquellos días, no dejaba de vigilar un momento a su prima.

Por lo demás, Gonario no decía una palabra, no hacía ningún gesto que pudiera comprometerlo; parecía más bien un buen joven que quería distraerse rebajándose a jugar con una niña. Se encargaba de los bordados, de los trabajos, del cabello y de la forma de vestir de Anna, y sus palabras no aludían a nada más.

—Has terminado el pañuelo, déjame verlo —le decía.

Ella se lo entregaba; él lo examinaba minuciosamente y la hacía sonrojar diciéndole:

—¡Tienes unas manos de hada! ¡Quién sabe en qué pensabas mientras hacías estas cosas tan hermosas!

O la miraba de arriba abajo y exclamaba:

—¿Por qué te has puesto este vestido tan feo? Ponte el otro, el blanco, que te queda muy bien; el que llevas en casa…

—Pero aquel es para llevar en casa, ¡y este para el campo! —observaba Anna.

—Pero aquel te queda mejor.

Un día se atrevió a tocarle la trenza.

—¿Por qué no te recoges el pelo así, en la nuca, como Angela y Lucia?

—¡No se puede! —respondió Anna, temblando—. Tengo demasiado pelo.

—Sí, ¡tienes demasiado! —repitió él—. ¡Qué bonito es!

Le regalaba flores y diseños de bordado, y luego, de improviso, se olvidaba de ella y durante horas no se dignaba mirarla. Ella sufría horriblemente y caía en una profunda tristeza que a Sebastiano le parecía no menos inexplicable que los estallidos de alegría a los que a menudo ella se entregaba. Él creía que todavía era una niña y no se daba cuenta de que, de hecho, en ella ya despertaba la mujer y que Gonario Rosa —por quien Sebastiano siempre había sentido una instintiva antipatía— ya había robado el corazón de Anna.

La boda

Pasados los alegres y tibios días de octubre y con la vendimia terminada, mientras la casa seguía impregnada del cálido olor del mosto y de las últimas frutas guardadas en las despensas, todos partieron.

Se fue Cesario, se fue Gonario, se fue Pietro Demeda. Con Pietro también partió Paolo Velèna, que iba al continente por negocios.

Desde cada estación, Pietro enviaba un telegrama para calmar los nervios de Angela, que estuvo al borde del desmayo cuando se despidió de su prometido.

Pero, cuando Paolo llegó a Livorno y Pietro se instaló en su nuevo despacho, en una pequeña ciudad de la Alta Italia, Angela se calmó y en casa de los Velèna volvió aparentemente esa antigua existencia tranquila.

Nennele y Antonino volvieron a la escuela. Los pensamientos de Maria Fara y Angela volaban muy lejos de allí...

Maria preparaba las últimas conservas y la fruta para el invierno. Bajo el techo del patio, aún hervía un caldero de arrope y se secaban pasas; en el huerto, sobre unas mesas anchas, se secaban bajo la tenue luz del sol los últimos tomates salados. Caterina ayudaba a su madre. Secaba, por su cuenta, fruta, y se encargaba de recoger los tomates, en cuyo centro metía una hoja de albahaca para perfumarlos.

Los higos, secados por el guarda de la viña, ya estaban almacenados, ensartados como rosarios, en cestos de palma, bien forrados de papel. Con las nueces recogidas, las peras y las manzanas colgadas, y las uvas colocadas sobre capas de heno, todo estaba en orden. Cuando el arrope estuvo bien refinado, se guardó en frascos de barro y Maria puso dentro membrillo de manzanas, piel de naranja e incluso pequeñas rodajas de calabaza hervida.

Sebastiano dio un último apretón a la prensa de la uva, las sirvientas barrieron el patio, a las gallinas, que durante ese tiempo habían estado corriendo por el huerto, las encerraron de nuevo, y Maria Fara pudo descansar con un suspiro que alisó su hermosa y pensativa frente.

Pensaba en Paolo y en aquel pobrecito de Cesario, que se había marchado más cansado que nunca, con una tos seca y lacerante.

Así pasaron muchas semanas, la niebla invadió el horizonte y Anna dejó su vestido blanco lleno de margaritas con un largo suspiro. La joven ya no se reía con aquella loca alegría que dejaba atónito a Sebastiano. Permanecía en silencio, bordando detrás de los cristales cerrados, con una triste sombra en los ojos. A veces la llamaban, pero ella no respondía o se sobresaltaba como si estuviera asustada.

Junto a ella, Angela seguía aderezando nerviosamente su ropa interior: ella también permanecía en silencio y le parecía que Anna estaba triste para participar en su melancolía.

A su regreso, Paolo Velèna encontró encendida la primera llama en la chimenea de la cocina; sin embargo, sintió un soplo de aire helado que golpeó su cara.

—¿Qué es este mal humor? —preguntó a su mujer—. ¿Ha pasado algo? ¿Qué pasa? Dime…

—No pasa nada. Es Angela, que siempre está triste, excepto los días en que recibe cartas de Pietro.

—Sí, lo entiendo. Pero ¿los demás? ¿Qué le pasa a Sebastiano? ¿Y a Anna? No parece ella. ¿Le habéis hecho algo, tal vez?

Paolo miró a su alrededor, inquieto. Parecía buscar algo que no recordaba, que no encontraba. Pero Maria lo tranquilizó. Sí, Anna se estaba volviendo cada vez más seria; ya no jugaba, ya no se emocionaba, pero no había sucedido nada y nadie le había causado el mínimo disgusto. Dejaba de ser una niña, ¡eso era todo!

Luego hablaron de Cesario y el ceño de Paolo se oscureció más que nunca.

Había estado de paso por Roma, pero no había podido averiguar qué vida llevaba Cesario. ¿Era una existencia de estudiante o una existencia ociosa? También era cierto que un estudiante sardo le había dicho que a Cesario se lo veía muy poco en la universidad.

Paolo tan solo sabía que su hijo derrochaba mucho dinero, pero adónde iba, qué hacía, no había podido averiguarlo en los pocos días que había pasado en Roma. Maria, en cambio, se sintió casi orgullosa al conocer esta vaga noticia: la figura de Cesario tomó formas grandiosas en el misterio, acampó en Roma como telón de fondo y le pareció que la figura de su amado hijo estaba en su lugar en ese inconmensurable horizonte: solo Roma era digna de acoger a tal ingenio.

Paolo, que antes había tenido esa ilusión, ahora pensaba melancólicamente en lo pequeño que se volvía Cesario, cómo desaparecía allí arriba, en cuya inmensidad era un átomo. Le redujo la asignación e hizo oídos sordos a las continuas peticiones de dinero.

«Querido mío —le escribió—, piensa que este año he sufrido muchos desastres, y que precisamente este año una hermana tuya debe salir de casa decentemente».

En realidad, Angela, después de las primeras mil liras, no le había vuelto a pedir un centavo.

Y casi todo el ajuar ya estaba listo, con las telas de la ropa encargadas a una casa de buenos tejidos italianos. Los confeccionaría una buena modista de Sassari.

La ropa llegó semanas antes de la Pascua, justo el día en que Angela estaba adornando el último bonete.

—¿La abro yo? —preguntó Anna, que puso las manos sobre la fina caja de madera blanca.

Pero Angela la apartó con suavidad y abrió la caja con temblor en sus dedos. Poco a poco, y sin que se diera cuenta, todos los habitantes de la casa se reunieron alrededor, en silencio e intrigados.

Angela levantó la tapa casi religiosamente, luego lanzó al aire una nube de papel blanco, transparente y perfumado. Apareció el vestido de novia; era de una sola pieza, para una princesa, de raso color paja, todo de encaje de una vaporosa delicadeza. El grito agudo de Caterina sobresaltó a Angela en su éxtasis de admiración.

—Tiene cola…, la cola, ¿no ves que tiene cola, Angela? Anna, Dios mío, ¡qué hermoso es!

—¡Dios mío, qué… qué… qué… hermoso es! —repitió Nennele mientras juntaba las manos.

—¡Hermoso, ah, hermoso, hermoso! —exclamaron a coro los presentes.

—¡Mídelo! —dijo Lucia, atareada y contenta.

De la alegría, Angela sentía un nudo en la garganta; sin embargo, lograba controlarse y respondía con frialdad:

—Sí, es bonito. Me lo pondré más tarde; espera, déjame ver los otros.

Caterina, impaciente, hizo añicos la tapa. Angela se enfadó, pero se calmó rápidamente, pálida por la emoción. El segundo vestido, el indispensable vestido negro de gran etiqueta que llevan todas las novias sardas, era realmente maravilloso. De seda adamascada, con dibujos japoneses sobre un fondo satinado, adornado con faralaes de color rosa que parecían guirnaldas de flores aterciopeladas; bien podría llevarlo un hada.

Iban de maravilla en maravilla. El tercer vestido, de seda tornasolada, gris rosado, con bullones de muselina de un tono indefinido, con el cinturón suizo bordado con rosas y follaje plateado, hizo olvidar los otros dos. Y luego estaba la capa de terciopelo, el vestido de lana blanquecina, para viajar, los sombreros, la adorable capota de la novia, de flores de azahar, los velos, los broches, y todo y todo, ¡Dios mío, qué belleza! Fue un día inolvidable.

De uno en uno, Angela midió los vestidos, que se ajustaban a ella como un guante; cada vez se la veía más hermosa y Caterina saltaba a su alrededor, gritando, dando volteretas, contagiando su entusiasmo a sus hermanitos.

—Pero ¿te importa? —le preguntó Sebastiano—. ¿Acaso son tus vestidos? Mantén la compostura, hazme el favor. ¿No ves a Anna, que está seria?

—¡Sí, porque tiene envidia!

—¿Envidia? ¿Y por qué? —preguntó Anna.

—Déjala hablar —exclamó Sebastiano.

—Claro que la dejo hablar. ¡Mi ropa de boda no será como esta!

Sebastiano la miró con afecto, y pensó que Anna vestiría ropa de boda para él.

Porque Sebastiano estaba seguro de que un día se casaría con su prima.

¿Cómo se había enamorado de ella, desde cuándo y por qué? No se acordaba y no se lo preguntaba. Tenía la sensación de amarla desde siempre, desde el día en que Anna llegó con su feo vestido negro y el pañuelo anudado bajo la barbilla; tenía la sensación de amarla desde siempre, incluso antes, cuando él iba a la escuela y se sonrojaba cuando conocía a alguna jovencita. Sin embargo, este no era su primer amor, pero sentía que era el último, porque nunca había amado así, porque sentía que había amado a Anna a través de las otras mujeres a las que había amado. Los otros amores, a pesar de ser correspondidos, siempre lo habían hecho sufrir. Este lo exaltaba, aunque todavía no fuera correspondido, tan indistinto y desconocido para todos. Encontraba en Anna, incluso sin conocerla espiritualmente, el ideal anhelado por su corazón sano y su vigorosa imaginación; es decir, una muchacha buena, sabia y purísima.

A veces lo asustaba la idea de que Anna fuera casi una mujer y que esta delicadeza que lo atraía hacia la muchacha, por la ley del contraste, pudiera, con el paso del tiempo, convertirse en un obstáculo para su felicidad. Pero pronto se calmaba. ¿Qué más daba? Anna dejaba entrever que se convertiría en una buena ama de casa, y, en todo caso, él siempre podría ofrecerle un futuro seguro. Esperaba a que se convirtiera en una mujer para explicarse y que pudiera tomar una decisión.

Mientras tanto, ella era su sueño más preciado; el sueño que lo acompañaba en todo, y en especial en la soledad, durante sus largos paseos por los paisajes desiertos.

Por ella sentía una nostalgia más aguda por la casa. Le parecía que, con él lejos, le faltara algo de la muchacha, cuando, en realidad, era él quien echaba de menos la presencia de ella.

En el último año, en más de una ocasión se había planteado explicarse, declararse, o al menos confiarse con su madre, y dejar que Anna entendiera sus sentimientos. Tenía un plan magnífico: casarse y retirarse al campo, en un inmenso latifundio en barbecho que soñaba con cultivar con sistemas modernos.

Pero en presencia de Anna sentía un estúpido temor, una extraña sensación; algo así como el contorno del sueño desvanecido en la realidad. La Anna cercana ya no era la Anna lejana, aquella Anna que lo besaba con el viento, que de lejos se hacía desear y soñar con las alegrías y las penas de una verdadera pasión.

De cerca, un obstáculo invisible e incómodo lo separaba de ella.

A veces sentía un sentimiento gélido que lo entristecía; le parecía que su sueño se desvanecía y que no volvería jamás. Sin embargo, en cuanto ella desaparecía, el sueño regresaba, más azaroso y jocoso a medida que la distancia se ampliaba. Sebastiano pensaba que esto era efecto de la extrema juventud de Anna, que fuera su inconsciencia o su inocencia lo que lo perturbaba. Y esperaba a que ella creciera y, mientras tanto, se cuidaba de no dejarle entrever su amor por ella.

Justo después de que llegara la ropa para la boda, recibieron las cartas de Pietro, y Paolo Velèna sudó siete camisas para completar las formalidades necesarias para las nupcias de Angela.

Tras la partida de Pietro, ya se sabe, muchas malas lenguas habían comentado que la boda no se celebraría. Viendo las publicaciones, cada uno siguió a lo suyo, sobre todo las mujeres. Las criadas de la casa de los Velèna ya habían desvelado los misterios del ajuar y la ropa; algo que nunca se vería en este mundo ni en el siguiente. Todo se exageró. Los vestidos de seda pasaron a ser siete u ocho; los sombreros, los zapatos, la ropa interior, todo se multiplicó; se dijo que Paolo Velèna mantenía a su familia a pan y agua para proveer generosamente a Angela, y se habló de las grandes polacas y del viejo abrigo de lana de Sebastiano. Alguien añadió que los Velèna habían pedido prestadas cinco mil liras, que luego pasaron a ocho e incluso diez mil, y, finalmente, que Paolo Velèna había quebrado.

Estas cosas, que en el hogar de los Velèna habían relatado las criadas y las demás mujeres del servicio, hacían sufrir a Angela, que habría querido escribir en las paredes cómo se había conseguido todo con mil liras. Un día, Sebastiano la encontró llorando.

—¿Qué demonios te pasa? —le preguntó.

Ella le contó las habladurías y Sebastiano entró en cólera.

—Pero ¿qué más te da? ¿No ves que hablan porque tienen envidia? Me gustaría saber quién ha contado esas cosas. Eso sí, si me entero, pisaré el morro a esas cotillas…

Angela no volvió a hablar de ello. Y, cuando Pietro escribió para comunicar que había obtenido el permiso, la casa se puso patas arriba; se enjalbegó de arriba abajo, se reformó por completo. Angela, Lucia y Anna, no obstante, estuvieron a punto de morir de agotamiento.

El mismo día en que se anunció la boda de Angela en la iglesia, llegó su prometido. Era finales de la Cuaresma, y las nupcias estaban previstas para el día de Pascua, o, mejor dicho, para la noche de Pascua. El obispo de Orolà, un pariente lejano de Pietro Demeda, se había dignado a bendecir él mismo a los novios.

Paolo Velèna, Anna, Lucia y Antonino fueron a reunirse con Pietro a la estación más cercana. Angela se situó junto a la ventana para esperar, vestida de gala, y Caterina empezó a vociferar para pedir a las criadas que prepararan el café y luego la cena.

Cuando Angela, palidísima, vio a Pietro en la calle, lo saludó desde la ventana y luego corrió a su encuentro. Él también estaba pálido, y se abrazaron sin mediar palabra.

También Caterina, de la alegría, quiso abrazar y besar al prometido de Angela. Este encontró a Caterina extraordinariamente crecida: ya era más alta que Anna y mucho más hermosa, con una espléndida boca roja, un perfil puro y escultural y unos ojos muy grandes, negros y resplandecientes. Las largas pestañas, las cejas pobladas y unidas, el pelo revuelto, negro como la noche, todo le confería una extraña fisonomía a la inquieta muchacha. Era perfectamente consciente de su belleza y de sus movimientos bruscos, las piruetas, las risas que hacía por nada, e incluso las tonterías que decía, en lugar de menguar su atractivo lo aumentaban.

Durante la cena, Pietro, mientras observaba el esplendor fosforescente de los ojos de Caterina, pensó que sería más hermosa que Lucia. No prestó atención a Anna: entre Lucia y Caterina, Anna desaparecía por completo.

Tras recoger la mesa, Pietro subió un momento a la habitación que le habían asignado y volvió a bajar con un envoltorio que, lentamente, desenvolvió con sus bellas manos blancas. Eran los presentes para Angela. Todo el mundo los esperaba y se reunieron a su alrededor para verlos; Pietro abrió los estuches de piel y, en el interior de terciopelo, brillaron las joyas. Eran dos grandes brazaletes, dos broches, pendientes y un anillo de brillantes, luego más anillos, un reloj, una cadena de oro, adornos para el cabello y joyas de plata.

Los ojos de Caterina relucieron más que los brillantes; y, como era habitual, comenzó a tocarlo y a desordenarlo todo, hasta que la voz de Sebastiano, como siempre, la hizo volver en sí.

—¿Será posible? ¡No entiendo lo maleducada que es esta chica! —dijo Sebastiano a su madre de un modo que todos lo oyeran.

Caterina se puso blanca, retiró las manos y, más tarde, se quejó inmaduramente a Anna.

¡Nadie, nadie podía verla, y ella era tan feliz!

—Sin embargo —dijo Anna—, tu hermano te halaga constantemente; si te da alguna lección a veces, es porque te quiere demasiado.

—Y yo te digo que te quiere más a ti, quiere más a Mahoma, quiere más al caballo...

En vano, Anna intentó persuadirla.

—Hay cosas que se las puedes decir a las gallinas, pero no a mí —concluyó Caterina, que se quedó dormida con lágrimas en los ojos, enfadada, decidida a estropear los festejos de la boda con su malhumor.

Pero al día siguiente ya no recordaba nada. Angela apareció con la cadena de oro alrededor del cuello, y Anna sintió un halo de melancolía.

Había esperado vagamente que Gonario regresara para la Pascua; sin embargo, Gonario no regresaba, no regresaría.

Ocho días pasaron como un torbellino vertiginoso y luminoso. En el aire de abril, de una dulzura tibia y lechosa, vagaban los dulces aromas de la primavera; y en la casa de las ventanas abiertas de par en par, llena de voces y de dulces, la alegría del renacimiento de la naturaleza se mezclaba con el júbilo de las nupcias. En realidad, entre toda esta alegría también había personas tristes, porque el desbarajuste de las costumbres tranquilas, aunque fuera por motivos festivos, deja una gran perturbación en los espíritus metódicos. Pensar en la partida de Angela turbaba los corazones de su madre y sus hermanas. Incluso la novia, por momentos, vencida por una misteriosa angustia, deseaba que el día no llegara nunca. Siempre con sus ropas de gala, Angela no hacía nada, no debía ocuparse de nada; mantenía largas conversaciones con su prometido y trataba de amortiguar el dolor que sentía, que, día tras día, se volvía más angustioso.

En la casa había un bullicio ruidoso e incesante. Se lavó todo el ajuar en la lavandería, luego se guardó en cajas y, finalmente, se envió junto con la ropa y las prendas de la novia. Únicamente se dejó el vestido de novia y el conjunto blanquecino que llevaba Angela y que necesitaría para el viaje. Su agitación aumentó al ver transportar las cajas; una parte de ella emprendía el rumbo hacia lo desconocido, y ella sintió la nostalgia, ingrata, al recordar como en un sueño los lugares en los que todavía se encontraba.

Pietro se percataba de todo y hacía lo posible, ayudado por Paolo y Sebastiano, para distraer a la novia. Serenatas, sonatas para mandolina, recepciones, pequeñas fiestas de baile, voces, risas, felicitaciones, pasteles y ríos de café, vino y licor.

Angela sonreía a todo el mundo, pero los veía desfilar como si se trataran de una alucinación. Veía llegar los regalos y las visitas a través de una niebla, y Caterina, Lucia, Anna, su madre, su padre, sus hermanos, todos atareados y sonrientes, le parecían distintos a los seres queridos que había amado hasta ese día.

Sin embargo, los pequeños disgustos a los que tenían que someterse la devolvían a la realidad: en un acto reflejo, sentía toda la fatiga y el agotamiento de sus hermanas y de su madre, y deseaba arrebatarles pronto esas molestias.

Y así, con este estado de ánimo, hizo su confesión, comulgó y realizó las visitas que servían al mismo tiempo como despedida e invitación a la boda. Pero en todas partes se mostró fría, casi automática, por lo que recibió acusaciones de altanería y no todos los invitados asistieron a las nupcias.

Durante el Sábado Santo y el día de Pascua, una extraña procesión de mujeres desfiló por la calle de los Velèna antes de detenerse frente a su puerta. Eran damas que llevaban a la novia los regalos de las familias amigas y de los parientes de la familia: cestas llenas de grano, botellas de vino rematadas con flores, dulces típicos de la zona, pasteles, bandejas de fruta confitada, naranjas, licores, gallinas blancas adornadas con lazos, y luego, otra vez, trigo y vino, vino y trigo.

Del mismo modo que en los países orientales, sobre todo en la India, el arroz representa en las ceremonias nupciales el símbolo y el deseo de abundancia, en Cerdeña es el trigo.

Los presentes pertenecen exclusivamente a los novios. De este modo, Angela recibió una gran cantidad de trigo, al menos para trescientas o cuatrocientas liras, pero, como no podía llevárselo a casa, Maria Fara se encargó de venderlo y mandarle el dinero.

No se había vuelto a hablar del mobiliario de la habitación nupcial, que correspondía decidir a los novios, y parecía que todos se habían olvidado de ello, pero el sábado por la noche, en medio de la enorme confusión que no había permitido a Caterina santificar, como siempre, el agua del pozo con el agua bendita tomada del cubo del sacerdote que bendice las casas —confusión causada en especial por la recepción de los presentes, a cuyas portadoras había que ofrecer una feliz bienvenida con un servicio de pasteles y café—, Paolo Velèna llamó a Angela a su despacho y le dio otras mil liras.

—Ten por seguro —dijo Paolo— que algunas gotas caerán…

Pero ella se sonrojó y no lo dejó continuar. Con esas palabras, Paolo quería decir que no le faltaría de nada en el futuro.

—Esperemos que no sea necesario —dijo Angela rápidamente—. Sabéis muy bien que Pietro no quiere ninguna dote.

—¡De acuerdo! —convino Paolo, que no quería conmoverse.

Y, como por arte de magia, en la tarde de Pascua —con un crepúsculo nítido y casi frío, embalsamado de lejanos olores transportados por el viento—, Angela se encontró desposada. En el salón rojo del obispo, el vestido de la novia fue muy admirado, y ella parecía más bella que Caterina y Lucia, que la acompañaban vestidas de verde. Se dice: «La que se viste de verde, por guapa se tiene».

El oro de las joyas resplandecía sobre la palidez dorada del vestido de Angela, y la cola, extendida sobre la alfombra con un abandono serpentino, otorgaba a la novia un aire de reina, aunque no llevara velo. Casi todas las novias sardas, sobre todo en las ciudades pequeñas y en los pueblos, no se adornan con el velo ritual.

Finalizada la ceremonia, el obispo pronunció un largo sermón dedicado a los novios. Pero Angela no entendió una palabra; tenía la sensación de estar entre el cielo y la tierra.

Incluso le pasaba inadvertida la visión de él, de una belleza fina y aristocrática, con el traje negro que resaltaba su dulce fisonomía de hombre rubio. Se preguntaba quién la había llevado hasta allí, quién la había vestido así, ¿y qué querían esos señores con la cabeza descubierta, y esas señoras de ojos brillantes que la rodeaban?

Del tibio salón de monseñor pasaron a la gélida sala del Ayuntamiento.

Un gran sentimiento de ternura invadió a la novia cuando estampó su firma después de la de su marido. Alzó la cabeza y lo miró. ¡Cuánta fe, cuánta dulzura, cuánta esperanza y qué misteriosa turbación en esa mirada suprema! Pietro lo sintió todo y, durante el regreso a casa, entre la multitud que se agolpaba para ver el cortejo que lanzaba flores, confites y trigo, le dijo con ternura:

—No temas.

Anna hizo los honores de la casa.

Como los recién casados debían partir a la mañana siguiente, se ofreció una cena a los invitados, que regalaron monedas de oro y plata a la novia.

Muchas mujeres trabajaban en la cocina, bajo la atenta mirada de Lucia, que se había quitado la ropa y vestido de nuevo en un momento. Incluso Caterina, que prefería la conversación de los invitados, bajó y ayudó a poner las mesas. Ella pretendía que la comida servida por los Velèna fuera un *lunch,* y se sentía orgullosa al pensar que el periódico *Nueva Cerdeña* daría cuenta de ello.

—Pero qué *lunch* de Egipto —dijo Antonino, que estaba tranquilamente en un rincón de la estancia, con las piernas cruzadas—. Es una cena: te digo que es una cena.

—Cena o almuerzo o *lunch,* pues yo te digo que se imprimirá así: «Se ofreció un *lunch*…».

—¡Ya, ya! Lo hemos entendido…

—Tú no entiendes nada. Pero, bueno, no tengo ganas de…

—¿Caterina? —llamó Nennele desde lo alto de la escalera. Esta lo dejó todo y se apresuró.

—¿Qué quieres?

Nennele estaba triste porque, en medio de tanta confusión, nadie se acordaba de él.

—Quiero a Angela, sí, tengo que decirle una cosa —dijo, casi llorando.

—Ven conmigo.

—No voy. ¡Llámala y que venga aquí!

Caterina desapareció y le dijo a Nennele que llamaría a Angela, pero Nennele no volvió a ver a Caterina, y mucho menos a Angela, hasta la hora de la cena, que se desarrolló sin inconvenientes, entre brindis y conversaciones alegres. El último invitado se marchó a las dos. Hacia las tres, la casa se sumió en el silencio. Pero, al amanecer, todos volvían a estar en movimiento.

Maria Fara, pálida y con fiebre, metió en una caja todo lo que quedaba de Angela.

Una hora más tarde, en la estación, la febril alegría de la noche y de los días pasados se transformó en angustia. Anna contempló pensativa el tren que desaparecía en la nítida y azul mañana y sintió una terrible y desconocida aflicción que permaneció grabada para siempre en su memoria. Los Velèna pasaron los días siguientes sumidos en la tristeza; pero, como siempre, con el tiempo, todo volvió a su sitio, todo regresó al silencio y a la antigua órbita.

Maria Fara, sin embargo, sintió el vacío dejado por Angela, sintió que los tiempos estaban cambiando, presintió el éxodo tal vez no muy lejano de toda su familia y, como si la hubiera acariciado un soplo de aire otoñal, percibió la melancolía de la vejez, y luego el fin de todo.

Las pasiones

En los dos últimos años de estudio, Cesario se «refinó» más que nunca. Se hizo pasar por decadente, contrajo deudas y asumió un aire de Mefistófeles que lo volvía malo.

¿Cuáles eran sus proyectos, dónde quedaban sus luminosos ideales? Nadie alcanzaba a saberlo por una buena razón: nunca hablaba de ello.

Paolo sufría, pero lo pagaba en silencio, e incluso defendía los sacrificios que hacía por Cesario cuando surgía un sentimiento de rebelión en el seno de la familia.

—Al menos será un hombre —dijo un día, con rudeza, a Sebastiano—, mientras que tú eres como un asno.

Sebastiano se puso lívido, no contestó y, quizá por primera vez en su vida, se avergonzó de su estado, aunque no dejaba de repetirse a sí mismo: algunos asnos valen más que ciertos hombres.

Durante unos instantes, pensó en entregarse a una vida de ociosidad para hacer comprender a su padre lo útil que le resultaba ese asno, pero fue solo un momento. Después de todo, ¿no era él, Paolo Velèna, el dueño de sus posesiones? Y, si consideraba que era justo desperdiciar su dinero más en un hijo que en otro, ¿qué derecho tenía él de quejarse?

Sin embargo, Sebastiano se lamentó ante su madre, quien intentó calmarlo.

—Este año se acabará todo, hijo mío, sé bueno. Cuando vuelva aquí, Cesario recuperará el juicio, ya lo verás. Y nos resultará muy útil; sabes muy bien que se necesita un abogado en la casa.

—Todo eso está bien, mamá, pero entre nosotros al menos debería haber buenas palabras.

—Sí, pero tú también, ya sabes…

Y le recitó esos versos populares y sabios:

> *In maiu cautat s'arana*
> *e frorit sa prunischedda.*
> *A chie male faeddat*
> *peius risposta li dona.*[*]

Sebastiano reconoció su error e inclinó la cabeza.

En realidad, Paolo Velèna no daba la razón a Cesario, sino que, por el contrario, se le acumulaban los escrúpulos y dudaba del esplendor de su futuro.

Pero todo quedó relegado al olvido cuando Cesario consiguió licenciarse. En los últimos años se había convertido en una pesadilla para Paolo Velèna; ni siquiera los tributos que pagaba al recaudador el día

---

[*] En mayo canta la rana y florece el ciruelo. A quien mal habla, peor respuesta le dan. *(N. de la T.)*

14, cada dos meses, le causaban tantos quebraderos de cabeza. Nadie sabía con exactitud cuánto dinero había gastado el estudiante, pero, un día, Paolo dijo que, si lo hubieran pesado, Cesario no habría alcanzado el peso del dinero, convertido en oro, que le había costado su título universitario.

Ahora, sin embargo, eso no importaba. Aquí estaba el abogado Velèna, que volvía a casa; los ojos de Maria brillaban con una alegría tierna y orgullosa; la familia había adquirido un rango, un título, una especie de nobleza.

Cesario regresó definitivamente quince o dieciséis meses después de la boda de Angela. Seguía enjuto, de una palidez cadavérica que el color gris de su traje y su sombrero realzaban, pero, a ojos de Maria Fara, parecía el abogado más respetable del mundo.

Para celebrar la licenciatura de Cesario, prácticamente repitieron los festejos de la boda de Angela: llevaron muchos regalos, sobre todo de trigo; los campesinos y los pastores de los Velèna ofrecieron su afectuoso tributo, y las sirvientas —a quienes, por cierto, les obsequiaron más tarde con monedas de oro— se encargaron de preparar dos magníficos pasteles de almendras y de miel.

Pero Cesario caminaba como un Dios escéptico a través de los presentes de la gente pobre y de la gente rica, y pareció no percatarse del afecto de nadie, como si creyera que todo era una farsa bajo la cual se ocultaba una profunda envidia.

Con sus padres, no obstante, se mostró inusualmente afectuoso y expansivo, y a su madre, en especial, le contó muchas cosas y se mostró arrepentido de sus errores.

Durante el último Carnaval, había estado en Florencia y, a lo largo de dos semanas, había llevado la vida de un gran señor. En el hotel donde se había alojado, había dado a entender, al firmar así en los libros, que era un marqués; pero, irónicamente, había adoptado el marquesado de una de las villas más míseras de Cerdeña.

Antes de partir, había dejado sus camisas de seda, que apenas había usado, sus guantes y las corbatas desparramados por el suelo, como un gran señor que no sabe qué hacer con las prendas usadas una o dos semanas. Ahora se arrepentía de todo eso. Y relató otras historias de este tipo para disculparse por los excesos cometidos. Pero tenía mucho cuidado de no mencionarlo delante de su padre o en presencia de Sebastiano, quien, probablemente, nunca había visto camisas de seda de colores.

Luego Cesario habló de Angela y de su marido. Los había visitado antes de regresar a Cerdeña; estaban la mar de bien allí arriba, siempre en la misma ciudad.

Y repitió lo que Maria ya sabía gracias a las cartas que Angela enviaba continuamente. Al principio, una intensa y vehemente nostalgia había hecho que la joven esposa se debilitara físicamente, pero, poco a poco, se había acostumbrado al aire, a la vida y al ambiente de la ciudad.

Angela llevaba ahora una vida señorial. Tenía un salón, días de recepción; iba al teatro, a conciertos, a conferencias. Ella y su marido se llevaban bien, al menos en aparente, solo sufrían por el desconsuelo de no tener hijos; pero no era el momento de desesperarse. Angela contaba con viajar pronto a Cerdeña, cuando su marido, que debía visitar la isla con motivo de las elecciones de los nuevos diputados, podría acompañarla.

Todo, pues, iba muy bien y reinaba una gran satisfacción entre la familia. Sin embargo, cuando Cesario se atrevió a explicar su deseo, por el que había hecho tantas maniobras de zalamerías y de expansión inusual —el deseo de volver al continente para «hacer las prácticas» con un prestigioso abogado—, una nube oscureció el cielo sereno del hogar de los Velèna.

Todos se opusieron abiertamente. Tal vez Maria, deslumbrada, habría preferido complacer a Cesario, pero no se atrevió a pronunciar palabra. Paolo se expresó con dureza. No, la familia no podía hacer más sacrificios. Cesario podía hacer las prácticas perfectamente en Orolà. ¿O acaso no eran cristianos los abogados sardos? ¿Cuándo se había visto algo así?

No, no era más que una excusa con la que Cesario encubría su deseo de prolongar una vida extraña y licenciosa, que lo consumía y, en igual medida, arruinaba a la familia.

—¡Explíquese bien! —exclamó Paolo, que lo trató de usted para reflejar la seriedad de la situación—. ¿Qué piensa hacer? ¿Quiere ser abogado o seguir la carrera administrativa o concursar para un puesto de subsecretario en algún ministerio?

—Quiero ser abogado —respondió con orgullo Cesario.

—Muy bien. Entonces puedes quedarte aquí, o, si quieres marcharte, hazlo por tu cuenta, pero nosotros no podemos ayudarte más.

Poco a poco, Paolo se ablandó, se enterneció y estuvo a punto de ponerse a llorar.

Porque, desde hacía algún tiempo, los negocios le iban mal; las cosechas anuales daban cada vez menos ingresos, a pesar del esfuerzo de Sebastiano, y parecía que con el declive físico que atenazaba al cabeza de familia también se desmoronaban las viejas fortunas.

Cesario lo entendió y no insistió. Y, como no estaba loco, no soñaba con probar fortuna, sobre todo porque nadie le daba crédito.

Se quedó y empezó sus prácticas con un abogado de Orolà. Pero su efímera alegría y su expansión familiar desaparecieron y regresaron a él, de forma más intensa, el aburrimiento, el cansancio, la intolerancia. Como no podía más, procuraba ser un gran señor en su propia casa; nada lo contentaba, ni siquiera cómo Lucia y Anna le hacían la cama. ¡Tal vez habría preferido dormir sobre una capa de hojas de rosa! Se prepararon para él comidas exquisitas, viandas deliciosas, vinos fuertes y vinos ligeros, según el estado de ánimo del día. Por lo demás, comía y bebía muy poco, y decía que tenía el estómago revuelto.

Su ropa interior se lavaba y planchaba de una forma muy especial. Además, todos lo trataban como un gran señor tras acostumbrarse a sus rarezas, porque, en el fondo, todos lo querían, y se daban cuenta de que, después de cinco o seis años llevando una vida suntuosa y divertida, ahora se encontraba manifiestamente desplazado. Y, por otra parte, también sufría muchas dolencias físicas, y todos, en especial Maria, intentaban ofrecerle remedio, en parte por compasión.

Por aquel entonces, Anna tenía dieciocho años y medio, y a Caterina le faltaban unos meses para cumplir los dieciséis.

Caterina todavía jugaba, bailaba, cantaba, hacía la rueda y se columpiaba, y, sobre todo, se reía, y ¡qué alta y hermosa en comparación con Anna! Tenía una cohorte de admiradores. Todos los alumnos del instituto, sobre todo los compañeros de Antonino, de entre doce y catorce años, estaban enamorados de Caterina. También había algún profesor, algún compañero de Cesario y algún amigo principal de Sebastiano a quienes les gustaba la joven un poco demasiado. Todo el mundo conocía a Caterina Velèna y, cuando se hablaba de la hermana de Sebastiano Velèna, se daba por supuesto que se referían a ella. A Lucia, en cambio, se la dejaba un poco al margen. Ella había tenido también muchos admiradores, y los seguía teniendo; no obstante, con veintidós años, no anhelaba casarse.

Era consciente de su belleza y era ambiciosa; la boda de Angela le había parecido casi mediocre, y se mostraba más deseosa con lo que anhelaba para sí misma; quería títulos, como mínimo de dama. A falta de títulos, se conformaría con un licenciado rico; pero, como en su positivismo conservaba mucha poesía y en su ideal pretendía belleza, juventud y espíritu, seguía viviendo en casa y soñando.

Es imposible encontrar todo eso reunido en una persona. No todos los hombres, especialmente en una pequeña ciudad, pueden ser hombres de bien, ricos, jóvenes y apuestos. No todos los jóvenes atractivos, además, pueden ser licenciados, y no todos los licenciados son acomodados. Lucia había tenido pretendientes serios, pero demasiado modestos para satisfacerla. Tal vez incluso había amado a alguno de ellos, porque, a fin de cuentas, es imposible vivir los años más poéticos de la juventud sin amar, pero no lo había hecho de una forma suficientemente apasionada para designar a uno como marido.

Muchos, demasiados, conocían bien la ambición de Lucia Velèna, y, aunque admiraban su fina belleza, se guardaban de enamorarse de ella o de cortejarla seriamente.

Lucia, en ocasiones, ya cerca de los veintitrés años, sentía una terrible consternación; le parecía que estaba envejeciendo y que tenía demasiadas pretensiones. No, el ideal no llegaba, ¡y tal vez no llegaría nunca! Sin embargo, se consolaba con facilidad al pensar en otras chicas que se habían casado después de los treinta, y al pensar en las jóvenes de Orolà, todas mayores que ella. ¿Qué importaba? ¿Acaso no vivía bien en su casa? ¿No podía esperar un poco más? Ni siquiera la más pequeña mancha empañaba su nombre como señorita educada y pudiente, así que el pretendiente ideal podría presentarse en cualquier momento. Mientras tanto, ¡era tan dulce soñar con su tibio nido doméstico, donde podría vivir sin preocupaciones, donde todos la querrían y la respetarían más precisamente por perder sin amor sus años de mayor belleza a la espera de un gran partido que honraría a la familia Velèna!

Esto, en efecto, lo podría haber dicho en voz alta Maria Fara; sus hijas no eran caprichosas y los idilios, tan habituales en las familias ricas, en los que las muchachas se enamoraban de jóvenes pobres, no sucedían en su casa. Ella esperaba colocar a todas sus hijas en lo más alto. En cuanto a sus hijos, también tenía grandes esperanzas: para Sebastiano pensaba en una joven hermosa y acaudalada llamada Maria Marrai, hija única, a la que numerosos muchachos habían echado el ojo por los latifundios y el ganado opulento que poseía su padre. Maria habló de ella con Sebastiano, pero este no quiso ni oír hablar del tema.

—No —dijo—, todavía no pienso en ello.

Y, durante unos días, se sumió en una profunda tristeza. Justo entonces, tuvo la intención de hablar con su madre sobre Anna. ¿La revelación de su amor no llegaba de forma inoportuna? Veía claramente las ambiciones de su madre, y Anna era pobre, paupérrima, en comparación con Maria Marrai.

Era como si le hablaran de un matrimonio perjudicial para Lucia o para su querida Caterina, ¿no era cierto? Tal vez, dado que ellas depositaban su felicidad en dicha unión, no se opondría, pero ¿qué profunda pena, qué humillación no habría sentido Sebastiano? Así que optó por no decir nada y, para pasar el tiempo de forma menos dolorosa, trabajaba más que antes. Incluso pasaba las noches en el campo y, durante el día, cabalgaba en su inteligente caballo de viña en viña, de finca en finca, vigilando, incitando a trabajar a los empleados, a los guardianes, a los agricultores.

Paolo Velèna quería asociarlo a sus negocios, pero Sebastiano se negó.

—No —dijo—, yo soy agricultor y moriré siendo agricultor.

En lugar de destruir los bosques sardos, habría querido multiplicarlos, o al menos hacerlos resurgir. Y le habría gustado ver a los carboneros, a los leñadores, a los aperadores trabajando la tierra, labrando y cultivando los latifundios yermos, sembrando los valles invadidos por los ciruelos y la pervinca y guiando a los rebaños en los pastos abandonados a la maldición de la soledad.

¡Claro! Cuando Sebastiano hablaba de estas cosas, todos lo miraban con una sonrisa irónica, y Cesario se burlaba de él abiertamente. Sin embargo, en esto había algo positivo: que Sebastiano era fuerte, sano y robusto, mientras que Cesario tosía toda la noche. Lo demás se vería más adelante. Si Sebastiano hubiera estado seguro de que un día podría casarse con su prima, no habría nadie en el mundo más feliz que él.

Gonario Rosa, que también se había licenciado, acudía al mismo despacho de abogados donde Cesario hacía las prácticas.

La amistad entre los dos jóvenes seguía inalterable. Para Gonario, el futuro tampoco se presentaba muy brillante, pero poco importaba: era rico, quizá uno de los más ricos de Orolà: todo el patrimonio que poseían los Velèna, Gonario lo tenía para él solo. Pero como su padre, un hombre severo y duro, todavía vivía, Gonario apenas disfrutaba de sus riquezas y se portaba como Dios manda bajo la estricta autoridad de su padre. Aun así, encontraba formas de derrochar, y realizaba las prácticas de abogado con indolencia, confiando en que algún día prescindiría de su título universitario, aun siendo uno de los mejores partidos de Orolà, uno de esos hombres con los que Lucia soñaba.

A pesar de ello, Lucia no le prestaba atención, ni se le pasaba por la cabeza, aun cuando Gonario visitaba su casa a menudo y trataba a las muchachas con familiaridad. A Lucia y a Sebastiano les caía muy mal el abogado Rosa, y solían hablar mal de él. ¿Por qué? No sabrían decirlo.

Sebastiano, en especial, sentía un resentimiento secreto contra su rival, y, cuando se percató de que a Anna y a Caterina no les gustaba que hablaran mal de él, Gonario le cayó todavía peor. Él, tan indulgente con todos, no perdonaba un defecto, una imperfección, una palabra mal dicha del joven abogado.

En cambio, desde hacía tiempo, Gonario intentaba acercarse a Sebastiano con mil amabilidades. Pero el otro lo evitaba; parecía que el aristócrata fuera él y, evidentemente, Gonario a veces se sentía humillado. Con los ojos reflexivos y escrutadores, Anna seguía cada movimiento, cada tanteo silencioso de ambos jóvenes.

Con cierta frecuencia, Sebastiano llevaba a sus amigos a beber algo a la bodega, donde tenían sus conversaciones íntimas. Al cruzar el patio, Anna oía algunos fragmentos de sus charlas.

De este modo se enteró del rencor que Sebastiano profesaba a Gonario, y se alteró al pensar que su primo dudaba de la simpatía que ella sentía por el joven abogado, y precisamente por esto conservaba cierto rencor contra Rosa. Una noche, durante la cena, Cesario bromeó a cuenta de su amigo, que había acudido a una cacería con un inglés que había viajado expresamente a Cerdeña para cazar.

Sebastiano no desaprovechó la ocasión para lanzar dardos envenenados contra su rival. Cesario, que estaba extrañamente de buen humor, desvió el tema en balde caricaturizando a los cazadores ingleses y contando historietas amenas.

—Muchas veces —dijo— compran a precios excesivos pieles de ciervos, jabalíes y otros animales y los llevan de vuelta como trofeos de caza, cuando en realidad no han cazado más que liebres y perdices.

Caterina asumió la defensa de los ingleses: había visto al cazador que había ido con Gonario, y le había gustado, a pesar de su chaqueta corta y el sombrero de corcho. Pero a Sebastiano no le importaba nada de eso: para él, Gonario Rosa era más ridículo que los ingleses. Aquella noche también criticó a Giovanni Rosa, el padre de Gonario. Anna sufría. Tenía la sensación de que Sebastiano hablaba así para atormentarla y, de repente, la joven se levantó, subió a su habitación y se lanzó sobre la cama, llorando.

¡Oh, cuánto sufría! Claro, Sebastiano había descubierto su secreto, y se complacía atormentándola de esa forma. Pero ¿por qué? Si Gonario la hubiera amado de verdad y le hubiera pedido que se casara con él, ¿acaso no habría supuesto una gran fortuna para su familia?

Pero Gonario, lamentablemente, no la amaba. Durante un tiempo, este había seguido cortejándola delicadamente, si es que su forma de proceder se podía considerar delicada; Anna se había ilusionado y la pasión había llegado a su joven corazón, con los sueños más diáfanos y rosados del primer amor. Pero ahora todo se desvanecía míseramente. Parecía que el abogado ya no se acordaba del estudiante, y Anna abría los ojos, asustados, perdida en el inmenso vacío de su desilusión.

Gonario ahora apenas le dirigía la palabra: ni siquiera la miraba, no se fijaba en ella.

Una dolorosa humillación se cernía sobre su pobre alma. Sin embargo, nada había cambiado en ella; su cabello seguía siendo maravilloso y sus esbeltas manos blancas seguían confeccionando como en un sueño, temblando ligeramente a veces, los bordados Richelieu. Anna apenas contaba diecinueve años, conservaba su trenza caída, y, sin embargo, en sus ojos ya vagaba la sombra de los sueños muertos, de dolores misteriosos y de una gran y amarga decepción.

Gonario no la amaba. ¿Por qué, entonces, ella lo seguía amando, sin esperanza, sin tregua, sin fin?

No le reprochaba nada porque no recordaba haber recibido de él una verdadera palabra de amor, y no le guardaba ningún rencor; pero, en el fondo, ella sentía que en el joven había algo despreciable y vil, y se sentía humillada. Y, cada vez que Sebastiano resaltaba las malas cualidades de Gonario con palabras ardientes, ella sufría con amargura.

Sin embargo, sufría en la misma medida cuando Caterina asumía la defensa de Gonario de forma audaz y calurosa.

Caterina iba demasiado lejos; se ponía roja y, si no podía más, se desahogaba con palabras amargas contra su hermano. Maria Fara acababa regañándola, Lucia se reía a carcajadas y Anna sentía una duda atroz.

Luego, al pensar en ello, palidecía del dolor. No, no era posible. Dios no debía permitir esto. ¿Qué había hecho ella para merecer semejante castigo? Se acusaba a sí misma de pecados graves y, finalmente, decía, con el rostro blanco por la angustia: «Sí, me lo merezco porque he pecado, pero ¿no se apiadará Dios de mí?».

Le parecía que su propio amor era un pecado, tan puro y triste. «Llevo el castigo conmigo —pensaba—, sí, siempre es así. El alma humana peca, pero en el pecado está el castigo».

Creía que ya había vivido y sufrido mucho. En la iglesia, nadie rezaba más intensamente que ella; en la Elevación, cuando el órgano gemía dos notas, un suspiro, un sollozo, escondía la cara entre las manos, tan inmersa en el pensamiento de la eternidad que le parecía estar muerta y enterrada. Con todo, creía que aquella era la hora más oportuna para implorar gracia. Sí, Dios estaba allí, en el vapor oriental del incienso, en la nota sollozante y solemne del órgano, en la luminosidad radiante de los cirios. Anna lo sentía y el grito de su alma angustiada se elevaba, con la voz del órgano, para dirigirse a Dios misericordioso.

«Dios mío, dame paz en el corazón, Dios mío, ayúdame».

A veces se atrevía a pedir algo que le parecía imposible: «Dios mío, haz que él me ame, Dios mío, ten piedad de mí».

Pero, en la desesperación en la que vivía, la idea de ser amada por él la asustaba. Y se desesperaba ante el poder de Dios; entonces le parecía que eso era pecado.

«¡Dios mío, hágase tu voluntad!», decía, y las lágrimas le velaban los ojos.

Pero percibía en sí misma una gran fuerza, un intenso deseo de sacrificio, y sentía un amor sincero para todo, y en un arranque de fe entusiasta decía: «Hazme sufrir, Dios mío, pero deja que los demás sean felices, todos, todos; también él, mucho, en realidad, él.

Dios, Dios, haz que yo tenga que perdonar muchas cosas, hazme sufrir, dame las penas de los demás».

Acariciaba a Caterina, iba de una a otra con buenas palabras. Si se producían peleas, ella sabía pacificar los ánimos, puesto que estas disputas duraban unos momentos. Pero, en cualquier caso, ella demostraba su buena voluntad.

Acudía al despacho de Paolo Velèna y le preguntaba:

—¿Necesita algo, tío?

—Nada, mi pequeña Anna.

—Deme algo para copiar, si le parece.

Muchas veces, Paolo le hacía copiar sus áridas cartas comerciales, consciente de que podía confiar en la ortografía y el secretismo de la graciosa secretaria.

En dos o tres ocasiones, Sebastiano se había encontrado a solas en el despacho con Anna.

Él también escribía para ayudar a su padre. En el silencio ligeramente pesado de la habitación, las dos plumas revoloteaban con rapidez. La de Anna se detenía de vez en cuando. Los ojos de la muchacha buscaban la copia de las cartas, luego su pluma retomaba la carrera a través de las líneas del papel con filigrana.

Parecía que ninguna pasión, que ningún pensamiento ocupaba en aquellos momentos a los dos primos; aun así, muchas sombras tristes pasaban por sus mentes.

Anna se estremecía bajo la mirada de Sebastiano. Estaba segura de que él conocía su amor y lo consideraba culpable, así que no osaba mirar al joven, o sentía un miedo sutil y se sonrojaba cada vez que Sebastiano le dirigía la palabra. A su vez, Sebastiano se perdía cuando se encontraba a solas con ella: intentaba hablarle, pero no podía, no podía...

Se equivocaba con las cuentas, las facturas, lo que debía escribir; luego se trataba de estúpido y se decidía... a intentarlo en otra ocasión.

Comienza el drama

Aquella noche, Anna estaba de un humor pésimo: Gonario Rosa, que había regresado de las famosas cacerías, había regalado a Caterina una magnífica rosa de otoño. Corrían los últimos días de octubre.

Caterina estaba fuera de sí de placer, y, en cuanto Gonario se fue, empezó a decir que todo el mundo la cortejaba.

Anna sintió que se le rompía el corazón.

Después de comer, sentada al sol bajo la pérgola, que conservaba los racimos de uvas mientras las hojas amarillas de la vid caían melancólicamente, intentó alegrarse leyendo el salterio, como hacía a pesar de las risas de Caterina.

Pero la lectura espiritual terminó por entristecerla todavía más. Muchos versos impactaban en ella con pesar y, de algún modo, representaban el estado de su alma y su humillación: «Soy pobre y vivo angustiado desde mi más tierna edad; cuando crecí, me sentí humillado y deprimido».

Caterina se acercó, se sentó a su lado y la molestó con sus bromas. Anna no respondió; con amarga fijación, leyó y releyó el famoso verso. Sí, ¡realmente era muy adecuado para ella!

Una intensa amargura se apoderó de ella; le parecía que hasta Caterina conocía su secreto y se reía de ella.

Cerró el libro sagrado, regresó y preparó el café que solían tomar dos horas después del desayuno. Cuando se lo llevó a Paolo Velèna, este le preguntó si sería tan amable de escribir.

Y le dio dos cartas para que las copiara.

—Yo salgo a caballo —dijo.

Poco después, Anna regresó y se sentó frente al escritorio, pero no tenía ganas de escribir. Un gran cansancio mórbido la invadió por completo, y, en la tristeza descorazonadora que doblaba por un momento su fibra, anhelaba apoyar su frente en algo suave que le diera descanso, sueño, olvido…

En esos momentos de amargura, provocados por los celos contra los que Anna luchaba con todo su buen carácter, recordaba vívidamente su pueblo, su abuela, la vieja casa amarilla, y deseaba volver a ella, tal y como la había dejado, pequeña, fea, vestida de negro, pero serena incluso entre lágrimas. Ahora le parecía que era una extraña en el hogar de los Velèna, que ya no recibía parte del afecto en la vida íntima y material de aquella familia, que no era la suya. Entonces se acusaba de ser ingrata.

Apoyó la frente en la mesita y cerró los ojos. Aun así, le parecía que los tenía abiertos de par en par, clavados en un vacío inmenso y tenebroso: su conciencia. Una vez más, pensó angustiada: «Pero yo soy malvada, y mi maldad ha aumentado por lo buena que me creo. Dios mío, Dios santísimo, dame fe, dame caridad…, haz que sea útil a quien me ha beneficiado…».

La puerta se abrió lentamente y Sebastiano entró. Anna apenas tuvo tiempo de levantar la cabeza y recoger la pluma, pero se sonrojó por el miedo a ser sorprendida.

Sebastiano no pareció percatarse de nada. Iba con la cabeza descubierta, con la chaqueta y el chaleco desabrochados sobre su camisa de percal blanca. Se sentó frente a un pequeño escritorio, bajo el archivador, y comenzó a escribir con rapidez.

Anna también copiaba. Como siempre, durante muchos minutos no se oyó más que el débil rasgueo de las plumas sobre el rugoso papel comercial.

A través de los cristales, el sol de otoño iluminaba suavemente el despacho; un rayo de oro llegaba hasta la mesa de Anna, hasta su mano izquierda, apoyada en el margen del folio. Así, bajo la luz del sol, la mano estaba muy blanca, y las uñas delicadas parecían luminosas.

En la cálida tarde, no llegaba ningún ruido, ni de la calle ni de la casa, así que Sebastiano podía recrearse en la ilusión de estar a solas con Anna en la paz ilimitada de una casa de campo.

Anna, tranquilizada, terminó la carta y la releyó.

—¿Por qué estabas llorando cuando he entrado? —preguntó Sebastiano, que seguía escribiendo.

—¿Sueñas…? —replicó Anna, que se replegó sobre sí misma. Empezó a temblar de nuevo, atenazada por un extraño miedo, y la risita que acompañó a su palabra parecía un sollozo.

—Yo no sueño, eres tú quien sueña, ¡oh, Anna, Anna! —dijo Sebastiano, que no había dejado de escribir. Su voz era monótona, seria, y parecía que hablara inconscientemente, con la mente en otra parte.

—No, no entiendo… —murmuró la muchacha, que doblaba nerviosamente el papel; y, como el primo no hablaba, ella dijo casi para sí misma—: ¿Estaba llorando? ¡Mira tú qué idea! ¿Me has visto tú? No sé por qué debería llorar…

De repente, Sebastiano dejó de escribir y centró toda su atención en ella.

—Debo decirte unas pocas palabras. Hace tiempo que quiero hablar contigo, pero hasta hoy no me he asegurado…

—¿De qué? —preguntó Anna mientras preparaba la segunda hoja de papel.

—De los grillos que tienes en la cabeza…

—Dios mío, ¿qué te pasa hoy, Sebastiano?

Intentó reír, pero habría querido huir, arrellanarse, esconderse. ¡Quién sabe qué tipo de escena le preparaba Sebastiano! Quiso ponerse en pie y marcharse, pero no pudo mirar a su primo a la cara. En su lugar, inclinó la cabeza y su cabello rozó el papel.

—No me pasa nada, Anna —respondió Sebastiano—, pero quiero tu bien, solo quiero tu bien, Anna, porque sabes que yo… te quiero… como, de hecho, más que a una hermana.

—No te entiendo, no… —repitió, fría y digna.

—¡Oh, me entiendes más de lo que yo digo! —Se levantó y se sonrojó a su vez porque no encontraba las palabras adecuadas. Por último, ¿qué quería decirle a su prima? ¿Tenía algo que reprocharle?

La miró y vio que se ponía cada vez más pálida. ¿Por qué la atormentaba así en lugar de consolarla? Sintió el dolor de Anna ¡y se dijo que era un miserable!

Después pensó que se había engañado a sí mismo y sintió una infinita ternura. Lamentó haber hablado, envolvió a Anna en una mirada de intenso amor, y el deseo agudo de tomar su cabecita entre sus manos y decirle: «¡Perdóname!» lo hizo avanzar un paso. Todo en un instante.

Pero tocarla le parecía un sacrilegio; vio sus manos, ahora las dos estaban al sol, y se confesó a sí mismo que nunca las había observado. ¡Oh, qué hermosas manos de señorita! Y él, ¡él era un campesino! Sí, Gonario Rosa tenía que volver a amarla. Gonario era un caballero y tenía que casarse con Anna.

Siguió su razonamiento interior y dijo con una amarga sonrisa:

—Después de todo, Annì, soy tonto, tienes razón. Si él te ama, es un excelente partido, pero ¿tiene buenas intenciones?

—¿De quién hablas, qué te han dicho? —respondió ella. La joven seguía escribiendo, todavía con la cara muy cerca de la mesa, esforzándose por conseguir calmarse mientras sentía la muerte en su corazón.

Sebastiano se irritó, pasó al otro lado del escritorio y la miró a la cara.

—Por favor, no te hagas la tonta. A estas alturas, es algo que todo el mundo sabe…

—¿Qué? ¿Cómo? ¿Quién te lo ha dicho? ¿Quién lo sabe, quién, quién? —gritó Anna.

Era el grito de su alma humillada; su voz murió en un sollozo, y la pluma cayó y salpicó de negro la hoja de papel. Sebastiano percibió en ese grito toda la altivez de la pasión de Anna, comprendió que no era correspondida y sintió una alegría maligna de la que se arrepintió de inmediato.

—¿Lo ves? Tú tampoco lo niegas…

—Pero ¿quién? ¿Quién lo dice?

Ahora Anna levantó la cabeza con orgullo y, con su mirada, obligó a su primo a bajar la suya.

—No lo dice nadie, lo he adivinado yo. Creían, Anna, y perdóname si no es así, creía que hacías el amor en secreto. Oye, no te enfades, hablo por tu bien. Y te iba a decir: no ocultes nada a nuestra familia, que es también la tuya…

—Pero, escucha, Sebastiano…

—Déjame hablar, espera un momento. Quería decirte: nosotros no tenemos ningún derecho sobre ti y puedes hacer lo que quieras. Pero todos te queremos, todos, ¿lo entiendes? Y yo, tal vez, más que los demás…, te queremos y queremos tu bien. Si él realmente tiene buenas intenciones, debe explicarse, debe decir…

—Pero nada de eso es verdad, ¡nada es verdad!

—Tiene que haber algo, al menos tiene que haber pasado algo, Anna, no lo niegues, espera…

Se dirigió hacia la puerta, la abrió, se cercioró de que nadie pudiera oír nada y regresó con su prima.

En esos pocos segundos, un pensamiento generoso surgió en Anna. Confiar a Sebastiano toda su alma, todo el peso de su pasión, que a veces quería aplastarla, precisamente porque ella, un alma abierta y transparente, se sentía casi culpable por guardarlo en secreto. Como el alma de Caterina se le escapaba, Anna se sentía sola y necesitaba más que nunca un apoyo, una amistad reconfortante y buena. ¿Por qué Sebastiano no podía ser su amigo, su hermano?

Al no haber tenido nunca hermanos, Anna se imaginaba que un hermano podría ser el amigo al que podría confiarle los secretos de su corazón; y cuando Sebastiano se acercó de nuevo, ella, a su vez, tuvo el deseo de esconder su rostro en su pecho y murmurarle: «Estoy perdida…, ayúdame a olvidar…, ¡aléjame de aquí!».

—Cuéntamelo todo, Anna, sé sincera, no te haré ningún daño… Tal vez incluso pueda ayudarte. Pero sé honesta. ¿Y bien?

—Pues no hay nada, nunca ha habido nada, te lo juro…

—Shhh…, no es necesario jurar. Te creo igualmente, pero no me digas que no ha habido nada. ¿Y bien?

—No lo sé, yo tampoco sé nada, no sé cómo fue, Sebastiano…

Sebastiano sintió un vago remordimiento; una voz misteriosa volvió a repetirle: «¡Miserable!», y le preguntó qué buscaba, qué quería de Anna, la más pura entre las muchachas. ¿Tenía él derecho a conocer sus secretos, a recibir alguna satisfacción? ¿Qué juez podría ser él, y qué propósito tenía?

Pero los celos lo espoleaban. Quería, quería saber, quería sufrir, quería estar seguro de que se había engañado, de que había tenido tantos sueños vanos, y de que no debía esperar. El dolor de Anna lo dejó frío, el dolor por sí mismo, pero pensar en la causa de aquel dolor le provocó una angustia aguda. En ese momento sintió que odiaba a Gonario Rosa. Mientras tanto, Anna hablaba, y él, que habría querido acogerla en su corazón, siguió mirándola como un juez, con los puños cerrados, frío, con ojos severos, sin ninguna expresión de piedad o de consuelo.

Anna se lo confió todo, de principio a fin: la forma en que Gonario la había hecho enamorar, cortejándola de modo equívoco, sus artes sutiles, sus formas, y luego el olvido total. Pero ella no se lo dijo ni le confesó los celos que sentía por Caterina. ¿Para qué? En primer lugar, no estaba segura, y tal vez Gonario se habría comportado de forma diferente que con ella, y además no quería provocar más resentimiento en Sebastiano.

Por lo demás, Sebastiano no parecía muy conmovido, y murmuró:

—¡Villano!

Anna disculpó a Gonario y dijo que toda la culpa era suya.

—Pero ¡qué culpa, pobrecita!

—¡Ahora todo ha terminado! —dijo ella con un suspiro y sonriendo divinamente.

De hecho, liberada de su secreto, le parecía que todo había terminado realmente, que su angustia había desaparecido con sus palabras.

Pero el peso del dolor había recaído sobre Sebastiano; sin embargo, él respondió como un eco:

—¡Sí, se acabó!

Por un momento, permanecieron en silencio, avergonzados; de repente, la joven alzó sus límpidos ojos marrones hacia su primo y lo miró suplicante. Él lo entendió.

—Estate tranquila —dijo—, te juro por mi honor que nadie sabrá nada de mí…

—¿Y no lo sabe nadie?

—Nadie, creo.

—Pero, entonces, ¿por qué has dicho que lo sabían todos?

Sebastiano se alteró un poco. Una vez más, estuvo a punto de decirle que estaba celoso, que los celos lo habían impulsado a hablar, pero no pudo. Frente a la docilidad casi ingenua de Anna, se sentía derrotado, doblegado, y sentía lástima por esa misma dulzura que permitía a la muchacha hacerle una confesión tan dolorosa y humillante.

—Entonces, ¿quién te lo ha dicho? —repitió Anna obstinadamente.

—Nadie me lo ha dicho. Pero lo comprendí hace tiempo. Incluso sus modales insinuaban algo…

—¿Qué insinuaban?

—Ah, Annicca —dijo Sebastiano—, ¿te sonrojas? ¡¿Ves, ves lo roja que te has puesto?! Todavía lo amas, dime, todavía lo amas, ¿verdad?

—No lo sé. Creo que no…

—¡Lo crees, pero no es así! Después de todo, ¡sigues amándolo! Qué triste…

—¡No, no es cierto, no es cierto! —exclamó Anna, que inclinó la cabeza con angustia.

Sebastiano se acercó a ella y, tímidamente, le acarició el cabello y le dijo:

—Anna, Anna, eres una niña y me gustaría ayudarte. Así que, dime, ¿qué puedo hacer por ti, Anna, querida? ¿Quieres que hable con él? ¿No? ¿Quieres que me vengue por ti? Puedo golpearlo en público, ya sabes, porque es un villano, sí, sí, un villano…

—¡No levantes la voz, Sebastiano! —murmuró ella, asustada—. No quiero nada. Además, ¿qué derecho tienes a insultarlo?

—Ah, ¿lo ves? —repitió con amargura—. Todavía lo amas, ¿no? Bueno, ya que lo quieres así, no lo insultaré, ¡al contrario! Pero hay que hacer algo por ti. Habla. ¿Quieres alejarte de aquí, quieres ir con Angela? —Los ojos de Anna brillaron ante esta propuesta, pero él continuó—: Hablaré con papá, esta misma noche, si quieres. —Ella negó con la cabeza y se puso en pie de un salto.

—No quiero nada —dijo casi displicente—. ¿Por qué te tomas las cosas de forma tan trágica? Me arrepiento de haber hablado contigo. Déjame en paz.

—Aun así, te digo que irás con Angela.

—Eso será si quiero ir, Sebastiano. No me obligarás, por supuesto, y mucho menos le hablarás a tu padre de mí.

—Si tú no quieres, no le diré nada a nadie, te he dado mi palabra de honor, y la mantendré…, aunque no sea un señor —respondió él con sarcasmo mientras se alejaba.

Anna se puso a escribir; le temblaba la mano y tenía el rostro encendido, con los ojos inquietos, brillantes, y los dientes castañeando que traicionaban su agitación. Sin embargo, mientras Sebastiano estaba a punto de salir, le dijo sosegadamente, como si no hubiera pasado nada:

—¿Irás a la oficina de correos? Si no, llama a Giovannangela.

—Iré yo —respondió Sebastiano. Él también parecía tranquilo, pero nunca había sentido un nerviosismo tan grande, sordo, insoportable. La sangre latía en sus sienes, su sangre juvenil y sana, y sentía una angustia mortal.

Cuando Anna terminó la otra carta, salió en su busca.

—Está en su habitación —dijo Caterina, que estaba con Nennele en el rellano de la escalera—. ¿Por qué lo buscas?

—Para que vaya a la oficina de correos. ¿Qué hacéis aquí?

—Una cosa —dijo Nennele con aire de misterio. Nennele contaba por entonces poco más de siete años; un pequeño enano que todavía llevaba delantal en casa, pero astuto y temerario. Era el rey de los juegos, ahora, y, metódicamente, cada día se daba diez o doce porrazos saltando el muro.

Por lo demás, era muy democrático; jugaba con todos los niños del barrio y se ensuciaba tres o cuatro veces al día. Siempre tenía los zapatos rotos y Antonino, que ahora llevaba un cuello y puños brillantes, y se sonrojaba ante las chicas guapas, tal vez ya enamorado de alguna, a menudo lo golpeaba con el pretexto de educarlo y corregirlo.

Pero Caterina siempre estaba dispuesta a proteger al pequeño. Y, como Antonino se volvía cada vez más serio y estudioso, la bella Caterina, en las horas de niñerías, se divertía con Nennele.

Anna continuó subiendo las escaleras, pero, cuando llegó al último peldaño, se detuvo detrás de una especie de columna, curiosa por ver lo que hacían Caterina y Nennele. Caterina iba bien vestida, peinada a la moda y con un magnífico lazo rosa al cuello.

Seguros de que Anna no los veía, Nennele y su hermana reanudaron el juego, que era el del tres, una especie de partida de damas, pero que se hacía con tres fichas improvisadas con trocitos de corcho.

Nennele había dibujado el tablero con carbón en un peldaño de la escalera. Anna se divertía mirándolos un rato, sin que la vieran a ella; al principio, jugaban flemáticamente, pero luego, como siempre ocurre en este mundo, empezaron a levantar la voz, y Caterina, con la razón del fuerte, siempre pretendía ganar. Aunque protegiera a Nennele en todo momento, cuando estaban solos se metía con él siempre que podía; ella también quería educarlo a su manera, y le decía:

—Tienes que estar callado y decir que sí, siempre que sí, a los grandes, ¿lo entiendes?

Pero Nennele no lo entendía.

Detrás de la columna, Anna se echó a reír y gritó:

—Ah, ¿es por eso, Caterina, que te has vestido tan elegantemente?

Pero Caterina, enfurecida, no le prestó atención. Advertía a Nennele, pero este, irritado, repetía sus palabras para molestarla.

—Eres estúpido, bonito mío. Mira, esta es mía. Uno, dos y tres, ¡gano yo!

—Eres estúpido —repitió Nennele—, bonito mío, mira, esta es mía. Uno, dos y tres..., ¡gano yo!

—Juega bien o de lo contrario...

—Juega bien o de lo contrario...

—Pero ¿quieres hacer el favor? ¡Nennele!

—Pero ¿quieres hacer el favor? ¡Nennele! —chillaba el pequeño cada vez más fuerte.

Desde lo alto de la escalera, Anna reía, olvidando los demás cuidados, interesándose por el juego y burlándose de sus primos.

—Métete en tus asuntos —le dijo Caterina, y Nennele repitió:

—¡Métete en tus asuntos!

—¿Crees que Sebastiano está durmiendo? —preguntó Anna—. ¿De verdad está arriba?

Caterina no respondió. No dijo nada, para no desahogarse ante la rabieta de Nennele. Sin embargo, el pequeño, de repente, se apoderó de las fichas, subió las escaleras y, desde lo alto, se las tiró a la cabeza.

Ella corrió tras él, pero el niño se agarró a la ropa de Anna, que a duras penas consiguió apaciguarlos.

—Espérame —le dijo a Caterina—. Cuando vuelva, jugamos juntos una partida.

—Sí, te espero, vale.

Entonces la muchacha subió el tramo restante de escaleras. Frente a la puerta de Sebastiano, la embargó la angustia por la pequeña escena entre su primito y Caterina que casi le había hecho olvidar qué necesitaba.

Más que nada, ella subía para demostrarle a Sebastiano, con una falsa calma, su indiferencia; para decirle con sus ojos:

—¿Ves? No le doy ninguna importancia a la conversación que hemos mantenido hace nada; de hecho, ya casi la he olvidado.

La frialdad con la que Sebastiano se había marchado la había humillado, y se había mostrado mortalmente disgustado consigo mismo porque la conversación había tomado un rumbo diferente al que deseaba, por lo que Anna lamentó haberse confiado a él. Pensó:

—No me ha entendido; lo ha entendido todo al revés. Necesito que vea lo tranquila que estoy.

Abrió la puerta y dijo:

—Sebastiano, ¿estás aquí? Caterina me ha dicho que estabas aquí. Las cartas están listas. ¿Irás tú a llevarlas?

Pero su calma desapareció cuando vio que Sebastiano estaba mortalmente pálido y con los ojos enrojecidos.

—Iré enseguida —respondió, y la miró de una forma extraña, como si le dijera: «¡Mira lo que me has hecho!».

Anna bajó lentamente las escaleras, con el rostro atónito, mientras gritaba para sí misma:

—¿¡Qué he hecho!? ¿¡Qué he hecho!?

Caterina la esperaba en el peldaño de la escalera. Anna se sentó como si estuviera cansada, con los ojos abiertos de par en par.

—¿Juegas? —preguntó Caterina, que le entregó tres fichas sin percatarse del grave dolor que afligía el corazón de su prima.

—¡Está bien! —exclamó Anna, casi hablando en voz baja. Pero, en cuanto empezó la partida, se animó.

Pensó: «Si gana Caterina, significa que sí; si gano yo, significa que no».

A pesar de todos los esfuerzos y la habilidad de Anna, Caterina ganó, y la joven esbozó una sonrisa de inmediato.

El destino, consultado a través de una partida, confirmaba su reciente duda: ¡Sebastiano estaba enamorado de ella!

El sacrificio

Los días se sucedían lentos, iguales, monótonos, en la melancolía cada vez más fría del otoño. De nuevo, la fruta se encontró almacenada en la despensa; las conservas, en las tinajas de tierra, y el vino nuevo, en los barriles.

Sebastiano, al no tener otra cosa que hacer, se ocupó de las provisiones de leña que los campesinos traían de las montañas.

Los Velèna no tenían realmente un sirviente que trabajara para ellos. Tener sirvientes campesinos es un fastidio enorme en Cerdeña; hay que hacer pan de cebada, se necesita forraje para el ganado de tiro que hay que proporcionar al sirviente; se necesita un gran suministro de leña porque los sirvientes duermen en el suelo, sobre esteras, y durante los meses fríos mantienen el fuego encendido toda la noche; se necesitan cien cosas más, y, a fin de cuentas, un sirviente no produce nunca ganancias netas frente a los gastos que supone. Los sirvientes pastores son más útiles, pero, como los Velèna no tenían rebaños, tampoco tenían sirvientes pastores. La leche y el queso se los propor-

cionaban algunos pastores que pastoreaban sus rebaños en las tierras de los Velèna. Así, el ganado de tiro
estaba en manos de los campesinos, que sembraban
su trigo en régimen de aparcería, y también estaban
obligados a suministrar leche a los terratenientes.

Sebastiano se hacía respetar y obedecer por toda
esta gente, que lo servían a la perfección, y pensaba
continuamente en cómo mejorar la situación de los
pobres campesinos.

Algunos días, al no tener nada que hacer en el campo, Sebastiano caía en una inercia lúgubre, que lo hacía quedarse tumbado largas horas en su cama, mientras la niebla, afuera, atravesaba el aire como un velo
pesado, extendiendo un silencio sepulcral. Sebastiano
se sentía triste; deseaba dormir, sosegarse en el silencio
melancólico del otoño que agoniza, y, a menudo, bas-
taban las cosas más nimias para irritarlo.

Anna lo observaba, espiando cada una de sus palabras, cada gesto, pero él, después de aquel día, evitaba
mirarla o le hablaba con indiferencia. Parecía haberse
olvidado de todo, y Anna acabó diciéndose a sí misma: «Me he engañado». Así pues, volvió a mostrarse
casi tranquila, y es que pensar en el amor de Sebastiano la había hecho sufrir. La idea, aun lejana y vaga, de
que pudiera convertirse en su esposa la aterrorizaba;
Sebastiano era muy diferente a su ideal. Sebastiano
era bueno, fuerte, honesto e incluso apuesto, pero no
podía satisfacer los gustos de su prima. ¡No, imposible! Él no podía ver la vida como ella la veía, él no
comprendía el amor como ella lo comprendía, y, fi-

nalmente, he aquí la clave del obstáculo entre ellos: Sebastiano no era él, no era Gonario Rosa.

No, la unión de los dos primos era imposible. Anna podía sentir piedad y afecto por Sebastiano, pero nunca amor. Y sufría mucho cuando pensaba: «Si él habla, me obligarán a casarme con él, y, si me rebelo, quizá me tratarán mal».

Estaba cometiendo una injusticia al creer capaz a Sebastiano de tanto, pero no lo conocía en absoluto; conocía a Gonario y en su ingenuidad consideraba que todos los hombres eran capaces de algunas vilezas, como él.

Si por un momento la luz del amor profundo y verdadero de Sebastiano la había afectado, la oscuridad regresó de una forma más espesa. Anna no se daba cuenta de que la hosquedad y la indiferencia de su primo eran fruto de su pasión. Y, mientras ella olvidaba sus dudas, Sebastiano sufría pensando en ella y creía que había errado en su camino. Por ella se arrepentía de un pasado útil y honesto, dudaba de sus opiniones, y deseaba ser como aquel Gonario Rosa al que despreciaba profundamente.

Una noche de diciembre, Anna salió al patio para cerrar la puerta. De vuelta, al pasar frente a la ventana de la bodega, oyó la voz de Gonario Rosa, que hablaba con Sebastiano.

Anna se sobresaltó, dio unos pasos hacia delante, pero luego, apoyada en la pared, caminó en silencio hacia atrás hasta llegar cerca de la ventana. La ventana estaba cerrada, pero en lo alto había una pequeña rendija que permitía pasar un pequeño haz de luz, y las voces de los dos rivales se oían claramente.

Sin duda, Sebastiano no sospechaba que lo estuvieran espiando. A esa hora, Cesario estaba fuera de la casa, su madre y su padre y los pequeños estaban en la cama, y las demás mujeres, reunidas alrededor del fuego, leían o trabajaban.

Precisamente por eso, había pedido a Anna que fuera a ver si el candado de la puerta estaba bien cerrado. Sebastiano hablaba en voz baja y agitada. Las primeras palabras que Anna distinguió con claridad fueron estas:

—Eres ruin. ¡Los hombres honestos no actúan como has actuado tú!

Anna palideció y tembló, porque enseguida comprendió que se referían a ella, y creyó que, tras el insulto, Gonario empezaría a abofetear a Sebastiano.

En lugar de ofenderse, Gonario rio, casi como si el insulto hubiera sido un cumplido. Dijo:

—¡Qué ingenuo eres! ¡El amor te vuelve malvado!

Anna oyó los pasos de los dos jóvenes, que se movían arriba y abajo por la bodega.

A medida que los dos rivales caminaban, sus voces se acercaban y se alejaban, de modo que a Anna se le escaparon algunas palabras. Sin embargo, era plenamente consciente de que Gonario se mantenía suave, casi suplicante, mientras que Sebastiano se mostraba duro, taciturno.

—Puede que tengas razón —decía Gonario—, pero no es culpa mía.

—Sí —respondía Sebastiano—, sí, son bellaquerías, maldades, se miren por donde se miren, te lo repito, y si quieres desafiarme…

—No lo has entendido…

—¡Lo entiendo mejor que tú! Y me gustaría que el código se encargara de este delito.

—¡Diablo! —se rio Gonario.

—Eh, no te rías, no lo tomes tan a la ligera. Es así.

—¿Y bien?

—Pues que es inútil. Tú no pedirás la mano de Caterina, porque ella, mientras yo viva, nunca se convertirá en tu esposa.

—Pero escucha, Sebastiano, escucha bien la razón. Tu prima…

—Mi prima —dijo Sebastiano con viveza— es la mejor de las muchachas…

—Comprendo bien que estás enamorado de ella.

—Eso no te concierne. Lo que sí te concierne es que ella no te buscaba, sino que tú…

—Bien, quiero admitir lo que tú quieras. Pero ¿qué culpa tengo yo si ya no la amo, si ahora estoy perdidamente enamorado de Caterina y quiero que ella sea mi esposa? Sé razonable, Sebastiano. Te garantizo que Annicca no piensa en mí en absoluto, y estará contentísima si me caso con Caterina.

—¡Es inútil, inútil! No entrarás en mi casa mientras yo viva. Si quieres, seremos amigos, pero este matrimonio es imposible.

—Pues yo te digo que se celebrará…

—¡Jamás!

—¿Y si Caterina me ama?

—No, no puede amarte. Y si, para su desgracia, eso es cierto, encontraré el modo de hacerla olvidar…

—¿Y si ella no quiere y no puede olvidarme? Si todos los miembros de tu familia quieren nuestra felicidad, incluida tu prima, ¿qué puedes hacer al respecto?

—No te hagas ilusiones, Gonario Rosa. Eres abogado y conoces las leyes, pero ignoras las leyes que rigen en casa de los Velèna. Una palabra mía y mi padre te cerrará la puerta en la cara…

Al oír estas palabras, Anna volvió a estremecerse y las lágrimas se agolparon en sus ojos. Comprendía que su primo amenazaba con revelar su secreto, y le pareció que Gonario, que se había quedado en silencio, quería estallar al fin. Iba a producirse un escándalo. Sin embargo, Gonario dijo tranquilamente:

—Soy abogado y conozco las leyes, en efecto, querido, y esperaré a que Caterina cumpla los veintiún años, ya que tú, por una tontería, amenazas con desgracias…

—Yo no amenazo con nada —respondió Sebastiano—. Solo te digo que, pensándolo bien, no pedirás a Caterina que se case contigo. Has hecho bien en recurrir a mí en primer lugar, así has evitado una humillación. Si quiere esperar, está bien. En cualquier caso, cuando llegue el día en que Caterina alcance la mayoría de edad, la habrás olvidado mil veces.

—¡No lo creas! Este es el último y verdadero amor. O ella o ninguna. Y te garantizo que nadie la querrá como yo. Pero, ¡claro! —exclamó Gonario, que se puso serio—, siempre me has odiado, Sebastiano, y si he hablado contigo es precisamente porque temía lo que está ocurriendo ahora.

—Yo no odio a nadie…

—No, solo a mí. Pero yo nunca te he hecho, voluntariamente, ningún daño. Y ahora estás cometiendo una mala acción al retrasar la felicidad de tu hermana. Porque, pase lo que pase, te aseguro que, tarde o temprano, Caterina será mi esposa…

—¡No lo creas ni un instante!

—¡Al contrario! Estoy convencido de ello. Te aseguro que no quiero provocar ningún escándalo. Aprecio demasiado a tu familia…

—Estoy seguro de ello —interrumpió Sebastiano con ironía.

Pero Gonario no se cansó de ser precavido y mostrarse tranquilo. Siguió defendiendo su causa, pero en vano.

—Ya basta, ya basta —dijo finalmente Sebastiano, que se detuvo—. Es inútil; no nos entenderemos nunca. Tú buscarás a otra esposa, encontrarás candidatas en todas partes, y más hermosas y ricas que nuestra Caterina. Bebe.

—No, gracias, ya no bebo. ¿Volveremos a hablar de ello mañana?

—¿Para qué? De todos modos, es inútil. Lo que te he dicho seguirá siendo igual mañana y siempre…

—¿Siempre? Eso ya lo veremos… Vamos, ¿quieres salir conmigo?

—Si te apetece.

Salieron juntos. Anna oyó a Sebastiano cerrar la puerta, y luego los pasos de los dos jóvenes alejándose juntos por la calle.

Cayó sentada en el alféizar exterior de la ventana, y, tras apoyar la cabeza en la reja, alzó su rostro pálido y angustiado hacia el cielo.

La noche era cálida, silenciosa. La luna brillaba a través de un ligerísimo velo de niebla lechoso y, tras los muros del patio iluminado, las ramas desnudas y finas de los árboles altos e inmóviles se dibujaban como grandes matorrales de espinas sobre las franjas blancas del cielo. Reinaba un silencio intenso y arcano. De repente, sonó el toque de queda, con tonos rápidos y agudos, y luego una campana sollozó, a intervalos, para anunciar una misa de difuntos para la mañana siguiente.

Anna se estremeció. Le pareció que un hilo invisible unía el tañido sollozante de la noche apagada con los pensamientos que pasaban por su cerebro como torrentes. Y pensó en la muerte, pensó que todo acababa allí abajo. Todos morirían, poco a poco: ella, Sebastiano, Caterina, y también él. Todos los habitantes de la casa morirían, incluso Mahoma, los caballos, los bueyes, las gallinas, los gatos, todos, todos. Dentro de cien años, otros habitantes poblarían la casa, sin pensar en los antiguos habitantes que habían llorado y reído entre las cuatro paredes, en aquel patio...

Todo permanecería en su sitio, tal vez; las paredes, los árboles, el portal, las ventanas. Por supuesto, el cielo no cambiaría —esa luna pálida vería desde lo alto otras cosas y más cosas—, pero los que ahora estaban vivos descansarían en una paz eterna, arcana y solemne como aquel cielo tan silencioso, vacío y profundo… ¿Por qué los hombres no se llevaban bien, por qué se causaban tanto sufrimiento, aun sabiendo que todo llegaba a su fin? ¿Por qué Sebastiano no quería que Gonario se casara con Caterina? Claro, ¡por ella! ¿Por qué sufría ella, por qué amaba a Gonario, por qué se moría de angustia? Pero ¿qué era ella ante la eternidad de ese cielo, ante la fugacidad de las cosas? Tenía que poner fin a aquello, y no debía oponerse a la búsqueda de la felicidad de los otros.

Todas estas sutiles cavilaciones no le impedían llorar quedamente por su desventura; un llanto sin lágrimas, sin gemidos y sin sollozos. El sentido de la realidad la atormentaba, a pesar de la gélida y reconfortante idea del final, pero no le arrancaba ningún grito de desesperación. Anna veía ahora su camino bien trazado, nítido, recto y seguro. Intentó volver a entrar en casa sin que la vieran, y rápidamente, en silencio, se fue a la cama. Pensó largo y tendido, con una intensidad vehemente y aguda. Tenía frío, pero sus sienes latían febrilmente y, con los ojos cerrados, cuyos párpados le parecían de plomo, veía pequeños círculos de color turquesa, irisados, arremolinándose, lanzándose, volando y desvaneciéndose, con leves chirridos, sobre un fondo inmenso, vacío, que, sin embargo, tenía la suavidad de una tela de terciopelo negro.

La voz de Caterina, que entraba de puntillas con una lámpara en la mano, le hizo abrir los ojos.

—¿Estás dormida? Pensaba que estabas leyendo.

—Dame un poco de agua —murmuró Anna mientras se incorporaba un poco—. ¿Y Lucia?

—Subirá dentro de nada. ¿Qué te pasa, Annì? —preguntó Caterina mientras le servía un vaso de agua.

—Tengo sed.

Bebió un largo sorbo de agua, y luego, mirando a través de la ligerísima pelusa rubia de sus delgadas muñecas, dijo:

—A mí me parece un campo de rastrojos, mira. ¿Y Lucia no viene todavía?

—¡Te he dicho que vendrá dentro de poco! —exclamó Caterina, molesta, mientras lanzaba al aire sus botas—. ¿Tienes fiebre?

—No, estoy resfriada —respondió Anna.

Apoyó la cabeza en la almohada y cerró los ojos para no ver más a Caterina, que le parecía que tocaba el techo con la cabeza.

A pesar de los síntomas de aquella noche, Anna se mostró alegre y tranquila los siguientes días. En cambio, quien pareció enfermar fue Caterina. Se puso pálida, sombría, sus espléndidos ojos acusaron o bien fiebre o bien un llanto secreto.

—¿Qué te ocurre? —le preguntaba Anna, pero Caterina también respondía con voz ronca:

—Estoy resfriada.

Un día se acostó en el lecho de Anna.

—¿Llamamos al médico? —preguntó Maria Fara, inquieta.

—No quiero, ¡dejadme en paz! —exclamó Caterina sin admitir ninguna réplica.

De uno en uno, los hermanos subieron a visitarla; al final, molesta, Caterina se puso a llorar y dijo:

—Pero ¿cómo es posible que no me dejéis en paz? ¡Me duele la cabeza!

Lucia se acercó y le puso la mano en la frente.

—Lo cierto es que tienes la frente muy fresca —dijo—. ¿Te duele mucho? ¿Qué quieres?

—No quiero nada —respondió—, dejadme. ¡No puedo ver a nadie! Si no me dejáis en paz, bajaré descalza al patio y cogeré una enfermedad.

—¡Sí, quiero morir! —le dijo más tarde a Anna, que había ido a sentarse al borde de la cama—. Estoy harta de vivir, ¿lo entiendes?

—¿Ya? —exclamó la prima, que sonrió dulcemente. Y pensó: «Mañana estarás curada».

Miró en silencio los cristales grises que reflejaban la gran paz de un crepúsculo nublado, y dijo:

—Pasado mañana es Navidad. El Niño Jesús te curará.

—Qué más me da Jesús…

—¡Caterina! —gritó Anna, severa—. ¡No blasfemes! Oye, estoy aquí para decirte una cosa.

—Quiero morirme, quiero… —sollozó Caterina, cerrando los ojos—, la vida es tan estúpida y todos me odian…

—¿Por qué te odian? —preguntó Anna. Guardó silencio y siguió mirando los cristales y la sombra intrusa. Esperaba que llegara la oscuridad para intentar el golpe de efecto necesario para curar a Caterina—. ¿Por qué te odian? —repitió—. Sigues siendo la misma, tú, con tus extrañas ideas, Caterina mía. ¿Tal vez porque Sebastiano le dijo que no a... Gonario Rosa? Esto no significa...

—¿Qué sabes tú? —gritó Caterina, que se incorporó de un salto, casi asustada.

—¡Eh, lo sé todo! —exclamó Anna pretenciosamente—. Lo supe antes que tú. Eres tú la que nunca ha confiado en mí.

Y añadió con un dulce reproche:

—Sin embargo, ¡nadie te quiere más que yo! Pero ¿qué te pasa, ahora?

Caterina lloraba. No se rebeló, no lo negó. Estaba enamorada de Gonario Rosa y él también la amaba con locura. Se escribían, pero Caterina, como buena hija, le había dicho:

—Habla con mi padre; de lo contrario, no puedo corresponderte más.

Y Gonario se lo había preguntado a Sebastiano.

—Sebastiano dijo que no, ¡y que no lo aceptarían bajo ningún concepto! ¿Por qué? No lo sé. Es porque lo odia a él; nunca ha podido verlo; y, al odiarlo, también me odia a mí. ¿Por qué, si no, lo rechazaría?

«¡No sabe nada!», pensó Anna, convencida, sobre todo por el tono de Caterina.

—Ahora me ha escrito para decirme que debo esperar hasta mi vigesimoprimer cumpleaños para seguir mi voluntad. Él se muere de la pena, pero dice que no quiere causar problemas en casa porque nos quiere demasiado. Y Sebastiano es capaz de cualquier cosa.

—¡Lo temo! —exclamó Anna para sí misma con ligero desprecio, pensando, pese a todo, en la prudencia del abogado Rosa.

—Pero yo… ¡yo! —gritó Caterina.

—¿Tú qué?

—¡Nada! Moriré… Moriré… Quiero morir. Me tiraré al pozo…

—¡Qué tragedia! —dijo Anna, riendo—. Si me lo hubieras contado todo de inmediato, ahora no estarías enferma.

—Pero ya que lo sabías… ¿Cómo lo sabías? Dímelo ahora mismo.

—¿Qué más da? Me lo dijo un pajarito. Y me encargaré de arreglarlo todo.

—¿Arreglarlo todo? ¿Cómo?

—Ya lo verás.

Continuaron hablando en voz baja.

Caterina, poco a poco, también se sentó en el borde de la cama. Ya no se acordaba de su enfermedad; de hecho, por momentos, en la creciente oscuridad de la habitación, vibraba como un rápido gorjeo nocturno de un pájaro, con su risa fresca y temblorosa.

Las dos primas bajaron juntas a cenar. Nennele y Antonino rieron largo y tendido sobre la enfermedad que tan pronto se le había pasado a Caterina, pero Sebastiano miró intensamente a Anna, que estaba pálida y temblaba de frío.

Después de la cena, Sebastiano cogió su abrigo y salió, pero se olvidó de coger la llave.

—Me quedaré a esperarlo —dijo Anna, que empujó el brasero hacia la mesa para sentarse al lado y ponerse a leer.

Pero, hasta bien entrada la noche, nadie se fue a dormir. Antonino estudiaba en voz alta sus lecciones de latín, Nennele hacía sombras en las paredes y las sirvientas hilaban.

En los ojos de Caterina quedaban restos de tristeza, y Anna leía los *Cuentos góticos rusos* de Turguéniev.

Anna siempre leía libros buenos; esto le permitía no pasar por tonta cuando se hablaba de literatura en su presencia.

Cesario compraba las novedades literarias a medida que se publicaban en Roma y Milán; ya no tenía aquella manía con los libros en francés.

Anna y Caterina leían; pero, mientras que las novelas y los versos ayudaban a exaltar el carácter extraño de Caterina, pasando por su imaginación como los meteoritos ardientes, a Anna le servían de estudio.

Ella buscaba la moral en los volúmenes; se entusiasmaba con los hombres buenos, con las mujeres virtuosas, con los sacrificios. Pero, sin confesárselo, se buscaba a sí misma en las páginas impresas, y sentía una profunda necesidad de encontrar criaturas que se parecieran a ella, que amaran y sufrieran como ella.

Esa noche, al quedarse sola junto al brasero, no encontró sus impresiones habituales mientras leía los maravillosos relatos de Turguéniev. Su realidad se imponía.

Lo que quería hacer y lo que había hecho superaba a los sucesos ordinarios. Podría realizarlo perfectamente una heroína de novela, pero, para una criatura frágil, de carne y hueso, era demasiado. Anna sentía una tremenda angustia, pero no se rebelaba; a lo sumo, para insuflarse de valor, volvía a acariciar la idea, el fantasma del final.

Con la cabeza apoyada en el libro abierto y las manos extendidas sobre el fuego, la invadían escalofríos continuamente. En la casa, todo estaba en silencio; los agudos silbidos del viento morían en la garganta de la chimenea, con una tristeza infinita. Cuando Dios quiso, Sebastiano regresó.

—¿Por qué te has quedado despierta? —preguntó mientras se quitaba de los hombros su abrigo forrado de escarlata.

—Quería decirte una cosa —murmuró Anna, inclinada sobre el brasero, mientras cubría el fuego con cenizas. Se había puesto roja, ya no temblaba, pero habría preferido hablar a oscuras.

—¡Ah, sí! Se nota algo en el ambiente. ¿Te ha dicho algo Caterina?

—Sí, me ha dicho algo…

—¿Y qué pasa, entonces? —gritó él, irritado. La idea de que su hermana hiciera el amor con Gonario le causaba una especie de frenesí—. Habla.

Y él quiso escuchar, atento, tembloroso, pero Anna simplemente le dijo, retorciéndose las manos:

—No, no me ha dicho nada, pero me ha dado a entender que sabe lo que te dije el otro día. Me temo que…

—¿Qué temes? ¿Acaso te ha dicho que lo sabía por mí?

Los ojos de Sebastiano titilaban. Su acento, además, era tan duro y despectivo que Anna se preguntaba: «¿Es realmente cierto que me ama?». Porque ahora ya no le quedaba ninguna duda.

—No me lo ha dicho, pero ¿cómo podría averiguarlo? —dijo rápidamente—. ¡Me diste tu palabra de honor de no que no le dirías nada a nadie, Sebastiano!

Ella lo miró, y él no respondió de inmediato porque la conciencia lo acusaba de algo.

—Lo juré, y si quieres te renuevo mi juramento —dijo, tras un momento de duda.

—Eso es lo que quiero.

—Dame tu mano, Anna, y que Dios me haga morir sin volver a ver el rostro de mi padre si alguna vez le digo a alguien lo que me confiaste.

—¡Ya veremos!

—¡Ya lo verás!

Sebastiano juró con la seguridad de que, al menos por ahora, había hecho que se esfumaran los propósitos de Gonario Rosa. Por supuesto, si hubiera dudado de que Gonario se mantenía firme en la idea de pedir su mano, no lo habría jurado con tanta solemnidad, pues, en ese caso, era menester que dijera a su padre y a su madre: «Gonario Rosa es un bellaco porque ha actuado así con Anna, que además es vuestra hija adoptiva, la hermana mayor de Caterina».

Pero estaba seguro de lo contrario, y juró.

—Ahora estoy segura de ti —dijo Anna—, perdóname si he dudado.

Sebastiano comprendió que tal vez su futuro dependía del cumplimiento de la promesa realizada y, más que nunca, se juró a sí mismo que la mantendría.

Por un momento, pensó en contarle a Anna el paso que había dado Gonario, pero luego recapacitó:

—¿Qué le molesta? No sabe nada.

—Vuelvo a salir —dijo mientras se ponía de nuevo el abrigo—. Cogeré la llave. ¿Ha vuelto Cesario?

—No, pero él también tiene llaves.

Antes de salir, se volvió y dijo:

—¿No tienes nada más que decirme, Anna?

—No —respondió ella, con el libro bajo el brazo y con la lámpara en mano, mientras se dirigía hacia la escalera.

Sebastiano salió; era una huida que llevaba a cabo porque se sentía invadido por el deseo de declararse a Anna y decirle: «Por ti he comprometido hasta el futuro de mi predilecta Caterina, por ti, para ahorrarte un disgusto, para castigar a quien te hizo sufrir...».

Cuando estuvo en la calle, impulsado por el viento, que levantaba las solapas escarlatas de su abrigo, Sebastiano sonrió para sí mismo de una forma estridente y desesperada.

—¿Es posible —se dijo— que yo tenga siempre que sufrir? ¿Qué tiene esta chica que me hace sufrir tanto? Si hubiera sido otra, cuando me dijo que dudaba de mi palabra, la habría insultado y, en cambio…, a ella le he dado la mayor de las satisfacciones. ¿Acaso soy tonto?

Mientras se planteaba esta singular pregunta, Anna, que en lugar de subir a las alcobas entró en el despacho, escribía una carta a Gonario Rosa, una carta breve que colocó entre las páginas de los *Cuentos góticos rusos*. Tenía que ser una de aquellas cartas breves que suponían un sacrificio, porque Anna, mientras subía las escaleras de puntillas, sentía en las mejillas unas lágrimas grandes y ardientes como jamás había llorado.

Y le pareció que caería muerta en los escalones, que, bajo la luz parpadeante por el aire frío, le recordaban a las escaleras de una escalinata interminable construida en medio de un edificio en ruinas.

Año Nuevo

La mesa estaba puesta en el comedor, todavía desierto. La luz blanca de la lámpara de aceite alta iluminaba todos los rincones de la habitación, pero la mesa, con la vajilla inmaculada y las tazas pulcrísimas, se encontraba en un gran círculo de sombra que se ensanchaba, se estrechaba, giraba sobre sí mismo y a veces desaparecía por completo. Las botellas llenas de vino tenían un vago brillo rojo y los paisajes japoneses de los platos centelleaban, como si estuvieran bajo un velo de agua; la vajilla parecía sonreír vagamente, esperando.

En el círculo de madera del brasero, dentro del cual había un montón de brasas que se cubrían de ceniza blanquecina, el gato dormitaba mientras ronroneaba. El animal también sentía el bienestar de aquella noche festiva. Porque aquella noche, además de ser la última de 1891, era una fiesta muy especial en casa de los Velèna.

Se daba la entrada al abogado Gonario Rosa, es decir, se lo admitía como prometido de Caterina. Lo habían invitado a cenar, en la intimidad de la familia, pero en la mesa había nueve juegos de cubiertos. Sebastiano no participaría en la cena.

En tres días, el drama íntimo se había desarrollado en gran parte y había alterado el orden de las cosas.

El 28 de diciembre, Giovanni Rosa había pedido formalmente para su hijo la mano de Caterina.

—Estoy extremadamente feliz con semejante honor —respondió Paolo Velèna, que palpitaba de placer y sorpresa—, pero, antes de que os dé una respuesta decisiva, debo preguntar a mi familia y, sobre todo, a la muchacha.

—Sí, sí, es natural, ¡naturalísimo! —respondió Giovanni Rosa, e hizo una incómoda reverencia.

Convinieron en que volvería al día siguiente para recibir la respuesta. Giovanni Rosa, por su parte, se marchó confiado con su petición. ¿Estaba contento con este matrimonio? ¿Le gustaba su futura nuera, de la que sabía que era una joven precoz, extraña, más niña que mujer, demasiado bella y poco rica para un tipo como Gonario? El rostro prepotente de Giovanni Rosa no decía nada. Pero sus labios le habían dicho a Gonario el día antes:

—Está bien, pediré la mano de esa muchacha para ti, pero presta atención, no os quiero en casa. Te pasaré una mensualidad, todo lo que quieras, pero debéis construiros vuestro propio hogar.

—¡Ya pensaremos en ello! —murmuró Gonario para sí, y aceptó el trato.

Paolo Velèna habló al instante con su mujer. Maria debía saber algo porque no se sorprendió en absoluto, pero en su gran leticia de madre que ve el futuro de su hija predilecta asegurado espléndidamente, también pasó una sombra de tristeza. Pensó en Lucia, a quien todavía no se le presentaba ningún pretendiente. Maria Fara quería a Caterina más que sus otros hijos; sin embargo, le habría hecho más ilusión si Gonario hubiese pedido la mano de Lucia.

Lucia contaba ahora veinticuatro años largos, seguía inalterablemente bella, pero empezaba a desesperarse. En secreto, sentía malestar al ver pasar los días más hermosos de su juventud sin conocer el amor, y se preguntaba:

—¿No habré sido demasiado ambiciosa?

Caterina a veces la pinchaba y la amargaba diciéndole, con su habitual falta de tacto, que la hacía parecer indelicada:

—Pero ¿cuándo te vas a casar? Ya estoy cansada de verte en casa. Yo acabaré siendo una señora y tú seguirás siendo una señorita. Eres vieja. Es decir, no eres vieja. Eres una mujer, sí, ya no eres una muchacha.

—¿Acaso te molesto? Mejor ser una señorita que esté bien que una señora… arruinada, ¿no es cierto? ¡Ve con cuidado! —respondía Lucia con una sonrisa en los labios. En el fondo, las palabras ligeras de Caterina, dichas así, sin propósito, la humillaban profundamente. Y al mirarse en el espejo buscaba en las líneas de su rostro, con secreta angustia, un aire de mujer.

A veces creía encontrarlo y sentía pena por ello, como si viera su cabello encanecer y las arrugas dibujarse en su frente. Sin embargo, seguía siendo la misma; ambiciosa y altiva, a la espera de su ideal. Era cierto que no poseía ese aire infantil tan fascinante de Caterina, pero seguía siendo hermosa, y sus ojos, de hecho, eran cada vez más luminosos. Caterina fue llamada, después de su madre, al despacho de Paolo Velèna.

—¿Quieres casarte? —preguntó él, mirándola con ternura.

—¿Y por qué no? —respondió ella, riendo.

—Bueno, han pedido tu mano.

—¿Gonario Rosa? —gritó Caterina con su habitual sinceridad, y se puso pálida de la emoción.

—¡Demonios! —exclamó su padre para sí mismo, mirándola con intensidad. Y, volviéndose un niño, como su hija, quiso gastarle una broma. Dijo—: No, no es él, es otro... rico.

—¡Qué más me da! —gritó ella, soberbiamente, aunque sorprendida y dolida—. Si no es él, di que no.

Y estuvo a punto de romper a llorar. Pero Paolo, impresionado, se apiadó de ella y dijo de inmediato:

—Sí, sí, alégrate, ¡es él! Veo que las cosas están bien avanzadas. ¿Habéis hecho el amor?

—Sí, pero enseguida le dije que pidiera mi mano...

Paolo volvió a sonreír. Las palabras de Caterina, de su pequeña Caterina, lo asombraron. Y la miró de nuevo. A pesar de ver a una persona esbelta, fuerte, elegante y alta, le siguió pareciendo su niña, alegre y ruidosa. No podía adaptarse a la idea de saber que estaba enamorada, y tanto como para hacer el amor en secreto contra las reglas de una buena y honesta educación, y mucho menos a la idea de que fuera a casarse.

—Hiciste bien. ¿Os escribíais?

Caterina le hizo leer las pocas cartas de Gonario. Paolo Velèna farfulló, desaprobó y dijo con severidad:

—Mira, esto no está bien. ¿Y si hubiera sido... otro?

—Pero ¡era él! —exclamó Caterina con una lógica aplastante.

—¿Qué significa esto? —preguntó Paolo, maravillado al leer el asunto de Sebastiano, que le prohibía a Gonario que pidiera su mano.

Caterina explicó que Sebastiano sentía una fuerte antipatía por Rosa; tal vez creía que era una mala persona, pero, en cualquier caso, estaba en contra de ese matrimonio.

—¿Y cómo es que Gonario cambió de parecer?

—Le escribí y le dije que no temiera... —dijo Caterina, que bajó la mirada.

Le habría gustado decir que Anna la había ayudado mucho al escribir a Gonario para persuadirlo de que no hiciera caso a Sebastiano y garantizándole que sus deseos se cumplirían, pero no podía revelar este tejemaneje. Ella también estaba ligada a Anna por un juramento solemne.

Anna le había dicho:

—No quiero que nadie sospeche que me he inmiscuido en este asunto. Sebastiano nos acechará con total seguridad, pero acabará resignándose y abandonará sus ideas estúpidas. Pero es imperativo que no sepa... que yo..., ¿entiendes? Podría montarme una escena, y eso, dada mi posición, me sabría mal...

Caterina juró que mantendría el secreto y nunca supo que, sin la intervención de Anna, Gonario no habría pedido su mano antes de que pasaran otros cuatro años, ¡y durante ese tiempo podría olvidarla!

«¡Y Caterina moriría por ello!», pensó Anna con profunda tristeza, sabiendo lo sentimental que era Caterina y cómo Gonario Rosa sabía ser irresistible e inolvidable.

Paolo Velèna se quedó pensativo.

—Te ruego —le dijo a Caterina— que no digas nada a nadie hasta esta noche. Necesito consultar a tus hermanos.

—No te dejarás convencer por Sebastiano.

—Si las cosas son como dices, te aseguro que no me convencerá.

Y la despidió. Se marchó casi triste. Tenía ganas de cantar, pero algo se lo impedía.

Durante todo el día, vagó de una habitación a otra, nerviosa, inquieta, abriendo las ventanas y exponiéndose al viento y al frío y luego acuclillándose en silencio en un rincón junto a la chimenea.

Tenía premoniciones funestas; temía el regreso de Sebastiano.

Después de la cena, a la que por una inusual casualidad también asistió Cesario, que casi siempre volvía tarde y cenaba cuando le placía, Paolo Velèna dijo:

—Bien, Giovanni Rosa ha pedido en nombre de su hijo la mano de Caterina. Le he prometido que hablaría de ello con la familia. ¿Qué se acuerda?

Anna bajó la mirada; dos rostros, el de Caterina y el de Sebastiano, enrojecieron. Pero el rubor de Sebastiano dio paso a una palidez mortal; la sorpresa y la rabia le ahogaron desde el principio la palabra.

—En mi caso —dijo Cesario con indiferencia, mientras se limpiaba las gafas—, estoy contento. Es un magnífico partido. Lo sabía desde hacía mucho...

Sebastiano lo miró con fiereza y sintió ganas de arrojarle algo a la cara. Luego miró a Anna; ella también sonreía. Nadie protestaba; todos acogieron la noticia sonriendo con satisfacción; incluso los ojitos de Nennele centelleaban y sus redondas mejillas sonreían.

«¿Qué entenderá este mocoso?», pensó Sebastiano. Y tuvo el deseo de pegarlo, de pegarlos a todos, y en especial a Caterina, que lo miraba con insistencia. Como no podía hacerlo, descargó un sonoro puñetazo sobre la mesa.

—Pues yo —dijo simplemente— no quiero.

—¿Por qué? —preguntó Paolo con calma, mientras doblaba cuidadosamente su servilleta.

—¡Porque es un sinvergüenza! —gritó Sebastiano, y habría querido continuar, pero su padre, mientras le hacía un gesto a Maria para que no interviniera, porque ella también quería hablar, interrumpió:

—Mira, eso es algo que solo lo he oído de ti. Explícate mejor.

La calma de su padre, al que sin duda habían prevenido, turbó a Sebastiano. No pudo decir nada concreto contra Gonario. Hubo un momento en que, al caer en la cuenta de que sus acusaciones eran vacuas e insignificantes, se arrepintió, y dijo:

—Desde luego, soy tonto.

Pero entonces se irritó todavía más por su propia debilidad. Sentía que, a fin de cuentas, Gonario no había cometido ningún delito o cobardía para merecer tal desprecio. Y, como Anna no se rebelaba, ¿por qué tenía que tomárselo tan a pecho?

Pero ¡no, no, no! El corazón no escuchaba la voz de la razón. Sebastiano odiaba a Gonario, lo despreciaba: toda su sangre se rebelaba ante la idea de que Gonario pudiera ser feliz… con su hermana…, con una parte de sí mismo, después de haberle arrebatado a él toda la felicidad…

La pasión le anulaba todo sentimiento de generosidad, y se arrepentía de haberle jurado el secreto a Anna.

Así, se produjo una escena violenta, casi un escándalo.

Las sirvientas, regodeándose con satisfacción, escuchaban detrás de la puerta, con los paños de cocina en las manos.

Cesario, que estaba explicando a Nennele la formación de los espejos ustorios, exponiendo los pequeños cristales brillantísimos de sus gafas a la llama de la vela, terminó por abandonar este tema importante para interesarse por la cuestión que debatían su padre, su madre y su hermano.

—Es inútil —dijo Paolo, con la cara enrojecida—, hasta que no me des una razón, una prueba que diga «Gonario Rosa no es digno de entrar en nuestra familia», no voy a escucharte. Si sientes antipatía por él, o incluso odio, es otro asunto. Son estupideces indignas de ti. A fin de cuentas, ya no eres un niño, y debes comprender que los maridos como Rosa no se encuentran en cada esquina. ¿Qué demonios te ha hecho? Nadie habla mal de él, solo tú, y quién sabe por qué. Pero no es justo, por Dios, que sacrifiques el porvenir de tu hermana por una antipatía personal.

—¡No puedo hablar! —gritó finalmente Sebastiano—. Si supierais lo que yo sé, no hablaríais así. No, no siempre se trata del dinero, ¡maldito dinero! No siempre se trata del aspecto, no se trata del partido. ¡En las cárceles hay abogados más ricos que Gonario Rosa!

Con este tono, con variaciones más o menos violentas, con el choque de vasos golpeados aquí y allá, la escena duró casi una hora. Maria Fara ayudaba a su marido. Cesario, con su rostro que parecía burlón o indiferente, calificó a su hermano de estúpido. Antonino y Nennele, poco a poco, se fueron; las tres muchachas no osaban decir nada.

Anna tenía miedo; veía a Sebastiano tan nervioso y alterado que se preguntaba: «¿Tal vez hice mal?». Temía que ocurriera algún problema grande, y ya estaba pensando en cómo evitarlo. Ya no sufría por ella misma; el nombre de Gonario ya no la hacía temblar; sin embargo, en el fondo de su alma, sin atreverse a confesarlo, se alegraba al pensar que Sebastiano podía impedir aquel matrimonio.

Caterina temblaba, incapaz de decir ninguna de las mil palabras que le llegaban a los labios. De repente, estalló en un llanto.

—Yo… no quiero escándalos —dijo, sollozando—. Papá, papá mío, haz lo que él quiera.

Y, sacando el labio superior, parecía señalar con este, espasmódicamente, a Sebastiano, quien dijo mientras se levantaba:

—Todo está bien. Haced lo que consideréis correcto. Pero, ya que habéis pedido mi opinión, os la he dado, y mi conciencia grita que no. Y mi corazón, que ama a Caterina quizá más de lo que podáis llegar a imaginar, también grita que no. Si me opongo, es por su bien, no por nada más. Llamadme estúpido, llamadme ignorante, lo que queráis…

Caterina lloraba, pero sus lágrimas y sus palabras, en lugar de conmover a Sebastiano, lo irritaron más.

El joven, que no podía más, huyó. Sus nervios estaban tan intensamente tensos que le parecía que en cualquier momento se volvería loco.

Cuando se marchó, la escena llegó a su fin. En los rostros de las mujeres se leía una gran desolación, pero Paolo dijo con firmeza:

—Se hará, se hará…

Anna comenzó a recoger la mesa melancólicamente, y Cesario, que no parecía muy preocupado por el asunto, buscó su llave para salir. Pero, cuando llegó a la puerta, desanduvo sus pasos y entró en la cocina.

—Ay de vosotras —gritó amenazadoramente a las sirvientas— si contáis a alguien una sola palabra de lo que habéis oído esta noche.

—Vaya, vaya... —respondió una con profunda hipocresía—. Nosotras no somos de esa clase de personas. Son cosas de mundo...

Y trató de decirle palabras de consuelo, pero Cesario le dio la espalda tranquilamente.

En cualquier caso, nadie supo de la discusión de aquella noche en el hogar de los Velèna.

A la mañana siguiente, Sebastiano entró en el estudio, donde su padre ya estaba trabajando. Paolo comprendió que su hijo entraba para decirle algo, pero que era él quien debía empezar la conversación. Dijo:

—Entonces, ¿has pensado en ello?

—Repito todo lo que dije anoche —respondió Sebastiano con una aparente tranquilidad—. Además, ya sabíais que me opondría. Caterina tuvo que deciros algo.

—De hecho, leí las cartas de Gonario.

Sebastiano se dijo entonces que su padre podría conocer la causa de su odio hacia el pretendiente, y preguntó:

—Entonces, ¿lo sabes?

—No sé nada. Ni yo ni nadie, y quizá ni siquiera tú sabes el porqué de...

—¡Déjalo estar! —interrumpió Sebastiano, pensando: «¡Realmente no sabe nada!». Si no hubiera un motivo, no habría actuado así...

—Pero ¡explícate de una vez, recórcholis!

—¡No puedo! Pero quizá tengáis razón vosotros. Anoche me dejé llevar, y lo lamento. Bueno, mira, entre Gonario Rosa y yo existe una… cosa. No sé cómo superar la antipatía que siento por él; he pensado en ello toda la noche, pero creo que nunca soportaré su presencia como… miembro de la familia. Haced lo que queráis, ya que a todo el mundo le parece bien. —Y se dijo a sí mismo, amargamente—: «¡Incluso a Anna, pero yo me marcho…».

—¿Te vas? —gritó Paolo, que se puso en pie de un salto, casi asustado.

—¡Sí, pero no muy lejos! —exclamó Sebastiano—. No me iré a América. Me voy, por ahora, a San Giacomo.

San Giacomo era el campo de trabajo, es decir, el lugar donde actualmente Paolo Velèna realizaba una tala de bosque.

El padre sonrió, pero no le dijo que su espanto se convertía en regocijo. Y dijo, casi con timidez:

—Muy bien. Entonces, ¿le digo que sí a Giovanni Rosa?

—Decid lo que queráis. No me importa.

—Todos nos alegramos del honor que nos hacen —dijo Paolo al futuro suegro de Caterina—. Dígale a Gonario que lo invitamos a cenar la última noche del año, es decir, pasado mañana. ¿Vendrá usted también?

—Lo lamento, aunque se lo agradezco, pero esta vez no puedo aceptar… —respondió Giovanni Rosa.

Paolo no se ofendió en absoluto y, sonriendo, lo acompañó hasta la puerta.

Al día siguiente, Sebastiano partió a caballo hacia San Giacomo.

Debía quedarse allí una o dos semanas, y parecía que su partida no tenía ninguna relación con los hechos acaecidos en los días anteriores. En casa se habló de ello con indiferencia. Lo cierto es que todos estaban preocupados únicamente de los preparativos de la fiesta íntima.

Había que comprar dulces, truchas y carne de cerdo para la cena, y había que limpiar la casa. Cesario se dignó a telegrafiar a un amigo de un pueblo vecino para que mandase una cesta de truchas; tras muchas diatribas, la sirvienta logró encontrar un pastor de buen corazón que prometió que les conseguiría un buen cochinillo recién destetado. Así, vencieron las mayores dificultades. Y Anna hizo la crema. Mientras ella, con las mangas remangadas, batía las yemas de los huevos sumida en sus pensamientos, Sebastiano trotaba por los páramos de la meseta desolada.

San Giacomo estaba a diez horas de camino de Orolà, pero ¿era realmente a San Giacomo adonde se dirigía Sebastiano?

Sí, en el presente iba allí arriba, pero ¿y en el futuro? ¿Adónde iba? Sebastiano se lo preguntaba y, al responderse, su corazón lloraba lágrimas de intensa amargura.

El viento se arremolinaba en los páramos; los cuervos graznaban; desde las montañas, de un tono entre el turquesa y el negro, las nubes se elevaban sobre el fondo gris del cielo. El viento empujaba la aguanieve, que humedecía el abrigo de Sebastiano y, tras cubrirse con la capucha, le golpeaba en la cara como diminutos alfileres.

Nunca en su vida Sebastiano se había sentido tan triste y desesperado.

¿Hacía bien, hacía mal? ¿Adónde iba, por qué, cómo? ¿Se estaba comportando como un hombre o como un niño? ¿Era una tontería o lo suyo era heroísmo?

—¡Tal vez!

¿Por qué una causa aparentemente pueril, algo que parecía trivial, que le habría merecido el escarnio de todos si se hubiera descubierto, lo espoleaba, lo acuciaba irresistiblemente e influía tanto en su vida, en su destino?

¿Su comportamiento afligiría a su madre, a su padre… y también a otras personas? ¿Haría disminuir su afecto, su estima por él?

—¡Quién sabe!

Con el tiempo, ¿superaría su obstinación? ¿Volvería a casa?

—¡Nunca! —gritó en voz alta, espoleando sangrientamente a su caballo, mientras en una nube que se disolvía vio un perfil muy parecido al de Anna…

Por este motivo, los cubiertos de Sebastiano faltaban en la mesa puesta para la cena de Nochevieja.

Nennele y Antonino entraron silenciosamente en el comedor, pero el primero, aunque era un glotón, no parecía conmovido ante la idea de una cena elegante: más bien estaba triste y pensativo. Acercó una silla al brasero y se sentó, y se llevó al regazo el gato, que maulló.

—Cállate, Pulguerío —murmuró con tristeza Nennele mientras le acariciaba el lomo. Miró a Antonino, y estuvo a punto de hacerle una pregunta, pero no tuvo el valor.

Antonino arrancaba la última hoja del calendario y leía la última conmemoración del año, tal vez con pensamientos profundos y filosóficos.

—Antonino… —murmuró Nennele.

En ese momento, la puerta se abrió y entró Lucia con un plato que dejó en la mesa. A través de la puerta abierta de par en par penetró un delicioso aroma a carne asada, y Nennele vio la sombra de su madre en el resplandor de la chimenea encendida y a Anna sentada en un rincón.

—Lucia —dijo entonces en voz baja—, ¿es cierto que Sebastiano no volverá?

Lucia se estremeció; cerró rápidamente la puerta y, mientras se acercaba al brasero, se inclinó como para calentarse las manos.

—Tontito —dijo con una sonrisa que podía ser triste—, ¿quién te ha dicho eso?

—No, lo he pensado yo, porque hace muchos días que no está… Sebastiano…

—¡Eh, cuántos días! ¡Dos! Se fue al campo, ¿no lo sabías?

Le tomó una manita y, mientras se la acariciaba, dijo:

—No digas estas cosas delante de mamá, especialmente esta noche.

—No, no lo diré —respondió Nennele, más tranquilo.

Pero su duda titilaba en el alma de todos, y todos escondían una sombra de tristeza bajo la aparente alegría. No era más que una duda, una duda muy vaga. Nadie se atrevía a expresarla, y unos trataban de escondérsela a los otros, y se mostraban recíprocamente alegres ante el fausto acontecimiento.

Paolo decía que, siguiendo sus deseos, Sebastiano se había marchado al campo de trabajo; tan pronto como el tiempo mejorara, él también partiría. Y en estas palabras residían muchas esperanzas.

Hacia las ocho llegó Gonario acompañado de Cesario, que, por etiqueta, había ido a recogerlo.

Gonario se deshizo de su abrigo y se lo dio a Lucia; después saludó con sencillez a Caterina, que se había apresurado al oír su voz.

Paolo Velèna entró.

—Buenas noches —dijo Gonario, que le estrechó la mano. Se dedicaron una mirada rápida y eso fue todo.

Gonario no preguntó por Sebastiano, no se sorprendió al no verlo; sabía que estaba lejos.

—Siéntate aquí —dijo Maria, que le señaló el mejor asiento. Gonario conocía el orden en que los miembros de la familia Velèna se sentaban a la mesa y, para no desplazar a nadie, se sentó en el lugar de Sebastiano —a cuyo lado siempre estaba Caterina— y dijo, despreocupadamente:

—Nada de cumplidos; me siento aquí.

Una nube pasó por los ojos de Maria, pero Anna fue la única que se percató, a pesar de que estaba empeñada en sentar a Nennele mientras le ataba la servilleta al cuello.

Caterina, que no estaba nada alterada, se sentó entre Gonario y Antonino. Llevaba una blusa azul, tenía el pelo recogido, rizado un poco por encima de la nuca; estaba preciosa.

Pero Gonario no la miraba, y ella, por su parte, aunque sentía que estaba más guapo y elegante que de costumbre, con un ligero aroma de heno procedente de la corbata de raso blanco y de la camisa más espléndida que el raso de la corbata, no se atrevía a mirarlo.

Gonario no prestaba atención a Anna, sentada enfrente de él, y Anna tampoco le prestaba atención a él. Tan solo una persona podría percatarse de la ligera vergüenza que los intimidaba frente al otro, pero esa persona estaba lejos de allí.

Para el resto de los comensales, se trataba de una cena festiva, perturbada únicamente por la ausencia del original de Sebastiano.

Tan solo esta sombra parecía rozar de vez en cuando la mesa, como la sombra del alto farol, pero se desvanecía pronto. Gonario reía, hablaba con Cesario y Lucia y gastaba bromas a Nennele.

Después del entrante, del salami y del atún en aceite, comieron la sopa, y Antonino dijo:

—Así se come en Fonni; la comida se come mientras achicharra.

—Pues yo me he achicharrado —gritó Nennele abriendo la boca.

Su madre le indicó con la mirada que se callara, pero él siguió diciendo tonterías. Gonario no dejaba de reír.

Después de la sopa, sirvieron carne hervida con aceitunas secas y minúsculos tomates verdes en escabeche; luego los macarrones amarillos, carne asada con rábanos, y arroz, también amarillo, con pajaritos cuya corteza tenía una capa dorada de azafrán.

—¿Es posible —murmuró Cesario, dirigiéndose a su madre— que no se pueda comer nada sin azafrán?

Maria pareció mortificada, pero Gonario dijo que el azafrán quedaba bien en algunos platos.

Y Lucia dijo simplemente:

—Es una droga. Nosotros no consumimos drogas, excepto un poco de pimienta en algunas verduras.

—Los continentales —exclamó Antonino, que siempre daba ejemplos prácticos— comen pimienta a cucharadas. Por eso están tan rojos, mientras que nosotros, los sardos, que no consumimos drogas, somos pálidos.

«Pero ¡qué estupideces están diciendo!», pensaba Caterina, mortificada por las tonterías que decían sus hermanos.

Gonario la atendía galantemente y le rogaba que comiera, pero ella se sonrojaba, a pesar de que ya había comido y cenado muchas veces en su presencia, y apenas tocó las viandas.

—Come, Caterina —le decía Paolo, riendo—, no te avergüences.

—En absoluto, papá. ¡Como mucho!

—No es cierto —exclamó Gonario.

—Acabaré ofendiéndome. —Y rio.

Pero Cesario lanzó una de sus pullas escépticas.

—Ahora te ofendes porque no come; ¡dentro de un tiempo te ofenderás porque lo devorará todo!

Gonario volvió a reír, con su risa plena y sonora, pero Caterina lo miró tímidamente, escandalizada.

¿Era posible que tanta prosa se entremezclara con el amor? ¡No, no era conveniente que invitaran a almorzar o a cenar a los prometidos!

Entonces sirvieron las truchas; pero eran delgadas, insípidas y suscitaron un murmullo de desaprobación.

Las sirvientas, sonrientes, con sus rostros brillantes y sus camisas blanquísimas, servían con gran precisión. Cada vez que pasaban junto a Caterina, le dedicaban palabras dulces, en voz baja, y ella sonreía sin entenderlas.

—¡Qué bien estará Pulguerío esta noche! —exclamó Nennele, y lanzó el delantal a la criada, encomendándole que le diera todas las espinas de las truchas al gato.

—Anna —dijo Maria en voz baja—, haz que se comporte un poco…

E hizo un gesto en dirección a Nennele. ¿Cómo era posible? Qué chico tan grosero.

Después de las truchas, sirvieron un plato de carne de caza, y luego llegó el momento culminante de la cena, el cochinillo humeante, en una apoteosis de aromas de un rojo dorado contra el fondo de una enorme bandeja de porcelana.

Paolo lo trinchó con rara habilidad, y alrededor de la gran víctima la conversación se volvió más general y animada. Todos hablaban; incluso Caterina piaba con alegría, olvidando de buena gana la amarga duda de si la silla de Sebastiano la ocuparía para siempre Gonario Rosa.

«¡Volverá!», pensaba, mirando de reojo el perfil nítido y aristocrático de Gonario.

«Y se harán muy buenos amigos. ¡Los dos son tan buenos!».

Anna hablaba poco; parecía un personaje secundario, y no causó ningún efecto en la escena. ¿Sufría, se regocijaba? Poco importaba, siempre y cuando mostrara el rostro sonriente, iluminado por el reflejo de la felicidad de los demás.

Caterina había olvidado por completo que, sin su prima, esa noche Sebastiano estaría sentado en su sitio y Gonario… en su casa.

Se dirigía a ella solo para pedirle que la ayudara a recordar alguna cosa que olvidaba. Anna la ayudaba y no moría en su dulce rostro la sonrisa de una beatitud algo melancólica.

Después del cochinillo, sirvieron un pastel de pasta y anguilas y luego unos exquisitos quesos acompañados de mantequilla.

Pero, llegados a ese punto, nadie tenía más hambre, e incluso Nennele miró con indiferencia los frutos secos variados, que se sirvieron en pequeñas y finísimas cestas de asfódelo decoradas con cintas.

—Gracias, pero no quiero nada más —dijo Gonario, y empujó suavemente la bandeja de los dulces.

Caterina reveló que la crema la había preparado Anna.

Entonces, Gonario, que buscaba una oportunidad para mostrarse amable con la muchacha, sorbió un poco de crema y dijo:

—Te doy mi más sincera enhorabuena. Sí, las cosas como son, ¡tienes unas manos de hada!

Anna sonrió, pero se mordió el labio. Para ella, la amabilidad del prometido de Caterina era un latigazo en la cara; ¡evocaba tantos recuerdos amargos que la humillaban y afligían!

—¿Quieres café? —preguntó Caterina.

—No, gracias, no quiero nada más —repitió Gonario.

Después de la cena, todos disfrutaron de los juegos en la última noche del año. En un centenar de papeles, escribieron los nombres de cincuenta señoritas y cincuenta jovenzuelos. De hecho, para que el sorteo fuera ameno, añadieron alguna solterona a la lista de señoritas, y entre los jovenzuelos añadieron viejos, curas, pobres y jorobados, y algunos papeles los dejaron en blanco. Los de las señoritas se metieron en el sombrero de Cesario, y los de los jovenzuelos, en una pequeña cesta. Entre estos últimos se había querido meter a la fuerza a Nennele, y Antonino se había negado, ruborizándose. Pero Caterina lo puso en secreto.

El sorteo resultó muy curioso.

Con la lectura de los nombres de cada pareja que debería casarse resonaron fuertes risas. Los de las señoritas los extraía Nennele y los de los jovenzuelos, Anna.

Todos prestaban atención para garantizar que no se hicieran trampas. A medida que Nennele sacaba un papel, se lo entregaba a Antonino, que lo desdoblaba y lo leía. Salían matrimonios divertidísimos, pero también otros muy convenientes.

—Cesario Velèna —leyó Anna, y Antonino exclamó:

—¡Maria Cajenna!

—¡Diablo! —murmuró Cesario, que estaba fumando, evidentemente aburrido de tener que pasar toda la noche en familia.

La señorita Cajenna era nada menos que la hija del subprefecto, la señorita más chic de la ciudad.

Todos se pusieron contentos con este matrimonio. Después de extraer los nombres de otras cinco o seis parejas, Anna preguntó:

—¿Quién ha salido ahora?

Con el papel en la mano, Antonino sonrió y respondió:

—No, primero di quién es el hombre.

—No, lee tú primero.

Pero Antonino se obstinó. Anna dijo:

—Es un gran hombre. ¡Es Nennele Velèna!

Antonino rompió a reír. Su trozo de papel estaba en blanco: ¡Nennele no encontraba una esposa!

Hicieron muchas bromas al respecto y Nennele se ofendió.

Anna sería la esposa de un ujier; Lucia, de un juez; Antonino quedó emparejado con… ¡Caterina!

—¡Oh, por todos los santos, esto es muy grande! —Nennele se vengó, riendo locamente, pero Antonino arrebató irritado el papel de las manos de Anna y lo quemó en la llama de la lámpara.

Gonario volvió a meter el nombre de Caterina en el sombrero y el sorteo se reanudó. Para que el número de papeles fuera el correcto, incluyeron otro papel en blanco entre los jovenzuelos. Anna adivinó las ganas locas que Caterina tenía de salir emparejada con Gonario, y trató de complacerla.

—¿Y tú no sales? —le preguntó a Gonario su prometida.

—Tal vez te esté esperando… —respondió él, galantemente.

—Apuesto a que saldré con… ¡uno en blanco! Espera…

—¡Caterina Velèna! —exclamó Antonino.

—¡Gonario Rosa! —respondió Anna.

La voz le tembló ligeramente, pero ¿quién lo notó? Todos aplaudieron y rieron. Nennele pisoteaba los pies por la felicidad, pero luego se entristeció al pensar que, si todo se hacía realidad, como en el caso de Caterina, ¡él nunca tendría una esposa!

Nadie sospechó del fraude de Anna, y el maravilloso sorteo se completó alegremente, mientras los prometidos se intercambiaban miraditas de amor.

El nombre de Sebastiano no se pronunció.

Después de jugar un poco más, al percatarse de que Maria Faria tenía sueño y de que Cesario revelaba su aburrimiento con los bostezos, se despidió.

Caterina quería retenerlo; Maria Fara le dedicó una severa mirada.

Después de haber sido tímida y casi torpe, ahora Caterina se tomaba demasiadas libertades con su prometido, demasiadas para ser la primera noche, y Maria Fara no quería que se rompiera todavía esa pizca de etiqueta necesaria para la ocasión.

—Buenas noches, adiós, Caterina, adiós, Nennele —dijo Gonario, despidiéndose con la mano, dirigiéndose a su cuñado, que seguía en la mesa, entre los restos de los juegos y entre los vasos, todavía medio llenos de vino.

Nennele le mandó un beso con la punta de los dedos y Caterina exclamó:

—¡Volveremos a vernos el año que viene! —Él sonrió y salió con Cesario.

—Id a dormir —les dijo Lucia a Caterina y a su prima poco después de que los demás se hubieran retirado—, yo me quedaré hasta que todo esté en orden.

—¿Estás contenta, Annì? —preguntó Caterina mientras subían las escaleras, con la lámpara en la mano y tirando de la trenza de su prima.

—¿Yo? ¡Contentísima!

Su voz resonó bajo la bóveda de la escalera de un modo que a Caterina le pareció como si estuvieran en una cueva.

Mientras Anna se destrenzaba el pelo, Caterina, que tenía los ojos encendidos, se acercó a los cristales.

La noche era negra, fría y profunda.

—No tengo sueño, no tengo sueño —dijo—. ¿Quieres que abra la ventana?

—No, hace frío, es tarde.

Efectivamente, dio la medianoche. Caterina brincó. Gritó como si le asaltara una idea repentina:

—¡Oye! ¡Es el año que termina, es el año que comienza!

—Lo sé —respondió Anna.

Vencida por la misteriosa solemnidad de la hora, de la que no penetraba toda la tristeza y toda la profundidad, Caterina miró muda a través de los cristales, a lo lejos. En los vidrios veía reflejada su hermosa persona, luego toda la alcoba apenas iluminada; pero de fondo veía el cielo oscuro, caliginoso y sin estrellas en una línea espantosamente negra. En su triunfante leticia sintió una sensación de tristeza.

—¿Dónde estará Sebastiano? —preguntó, casi hablando para sí misma.

Anna no respondió, pero Caterina, en el espejo claroscuro de los cristales, vio que su prima, sentada a los pies de la cama, ocultaba su rostro con la manta azul, con su magnífica melena suelta extendida sobre sus delgados hombros, sacudidos ligeramente por un estremecimiento.

La lejanía

El domingo siguiente, los novios, acompañados por Paolo Velèna y Lucia, salieron a pasear juntos.

Caterina llevaba la fina cadena de oro que distinguía a las prometidas, y, al mostrarse en público al lado de Gonario, su corazón se le subía a la garganta por el placer y el triunfo que sentía.

Así, toda la ciudad supo que, efectivamente, el abogado Rosa se casaría con la hermana de Sebastiano Velèna, como todos llamaban a la bella Caterina.

Pronto tuvieron lugar las habituales murmuraciones, la envidia femenina, las suposiciones y el chismorreo malintencionado.

—Qué suerte tienen las Velèna, ¿verdad? ¡Encuentran marido, y qué marido, como otras chicas podían encontrar un clavo! ¿Quién habría creído que Caterina se casaría con Rosa? Pero ya se sabía; Rosa estaba predestinado a quedarse en esa casa. ¿Caterina? Es una niña; ayer todavía llevaba vestidos cortos.

—Pero ¡qué dices! Tiene veintidós años.

—No es verdad, tiene diecisiete...

—¡Es tan alta!

—No importa; es muy joven.

—En cualquier caso, es una niña tonta. Y él, Gonario Rosa, no es un joven serio.

—Tal vez sea una chapuza orquestada por los adultos; no puedo creer que se casen por amor.

—No, se nota que están muy enamorados.

—Es rico, es muy rico Gonario; apuesto a que es el joven más rico de Orolà.

—Después de todo, ¿qué nos importa? Buena suerte, ¿no es así?

Entonces se corrió la voz de que Sebastiano, disgustado por este matrimonio, se había marchado de su hogar.

Muchos espíritus bondadosos sintieron una inefable satisfacción.

—Ya veréis como la boda no se celebra. Sebastiano Velèna es muy terco.

—Está chiflado. ¿A quién pretende engañar? —preguntaban otros, aunque simpatizaran en secreto con Sebastiano, porque este les daba un pretexto para esperar que Gonario Rosa no se casara con Caterina.

A veces, el asunto se exageraba con horribles detalles.

—Sebastiano se fue de casa después de amenazar, revólver en mano, con matar a su hermana…

—No, amenazó con matar a Gonario Rosa.

—¿Por qué?

—El asunto fue así: Sebastiano quería que Rosa firmara una letra de cambio. Rosa se negó. De ahí el odio.

—Menudas tonterías, no me lo creo.

—Piensa lo que quieras, pero es así. Mientras tanto, ya verás que habrá algún gran escándalo.

—¿Dónde está Sebastiano?

—En el continente, con su hermana.

Sebastiano, en cambio, estaba allí arriba, en la vieja iglesia reconvertida en casa de vecindad, en el margen del bosque de encinas y rebollos, donde una multitud de carboneros continentales reducían a carbón los restos de los árboles descortezados.

Sebastiano no se había movido de allí en los últimos tres meses.

El lugar tomaba su nombre de la antigua iglesia de San Giacomo que Paolo Velèna había adquirido junto con los bosques.

El paisaje era melancólico y solemne; un vastísimo altiplano sin cultivar, delimitado por líneas de bosque que el invierno había vuelto negras y tristes.

Paolo había comprado la iglesia en un estado casi ruinoso, sin techo, cubierta de zarzas y de hiedra. Pero el interior, protegido por la gran bóveda, se conservaba bastante bien, así que Paolo había gastado poco dinero para rehacer el tejado de tejas y dividir la única nave larga en cuatro amplias habitaciones.

La iglesia de San Giacomo era diferente a todas las iglesias sardas de campo; no tenía adosadas las típicas habitaciones llamadas *cumbissias,* donde los fieles se alojaban durante la novena, pero tenía dos pequeñas sacristías y un pórtico arqueado en la parte norte. No tenía campanario, y en la fachada, que se elevaba puntiaguda por encima del tejado, se observaban tiras de mosaico de confección tosca.

En el interior, nada recordaba a un lugar sagrado.

En las largas estancias que consumaba allí, Paolo ocupaba dos habitaciones.

En las otras estaba la despensa, es decir, los suministros de comida, bebida y lo necesario que pudieran necesitar los trabajadores.

La despensa era otra especulación, porque se ganaba con todo al hacer pagar casi el doble a los trabajadores, que necesariamente se veían obligados a proveerse de víveres en el lugar de trabajo.

Estos, los dóciles y buenos descortezadores y carboneros, casi todos toscanos, en sus horas de descanso se retiraban a las dos sacristías, independientes de la iglesia, y a otras cabañas construidas para la ocasión.

Sebastiano llegó de noche a San Giacomo.

Lo recibió el señor Francesco, el intendente de Paolo Velèna.

El señor Francesco —todo el mundo lo llamaba así y pocos conocían su apellido—, un hombre enérgico y de confianza, trabajaba para Paolo desde hacía más de veinte años. Había empezado de simple carbonero, pero, poco a poco, había ascendido hasta convertirse en el intendente de los trabajos de Paolo Velèna, quien lo tenía en estima, lo consideraba casi un amigo y confiaba plenamente en él. Ahora se rumoreaba que el señor Francesco tenía mucho dinero y que pronto él también se convertiría en empresario y especulador. El señor Francesco conocía todas las ideas y las opiniones de Sebastiano, por lo que se sorprendió mucho al verlo en San Giacomo, pero no dijo nada. Era un hombre taciturno, seco, alto, calvo y, sobre todo, prudente.

Sebastiano, a su vez, no le explicó el porqué de su llegada; no fue hasta el día siguiente, cuando el señor Francesco le dijo:

—Los registros, los libros están aquí…

—Déjalo, no he venido por eso —respondió, como si saliera de un sueño.

—Entonces, ¿por qué has venido? —le preguntó el señor Francesco. Sin embargo, no hizo ningún comentario abiertamente.

Pero, en el fondo, lo atormentaba esa novedad. La presencia de Sebastiano lo apuraba tanto que no se lo explicaba, del mismo modo que no entendía el comportamiento del joven. Sebastiano parecía aturdido o, como mínimo, indiferente. No hablaba, no reía, no decía por qué había ido allí. A veces caía en una especie de profundo estupor y, si el intendente le preguntaba, respondía con algunos «¡ah, sí» que habrían ofendido a cualquiera que no fuera el señor Francesco.

Al principio, Sebastiano estaba muy preocupado por su caballo, pero, una vez que le encontró pastos, forraje e incluso una cabaña, cayó en la atonía que aturdía y desorientaba al intendente.

Juntos dieron un paseo por el bosque, visitaron los hornos de carbón encendidos y los que estaban construyendo; inspeccionaron todas las localidades.

El señor Francesco presentó a Sebastiano a todos los trabajadores, le explicó el progreso de los trabajos y lo obligó a echar un vistazo a los registros y a las facturas.

Pero Sebastiano no se conmovió. Después de la segunda visita a los hornos, se encerró en la habitación que le habían asignado, en la que solía dormir su padre, mientras que otra la ocupaba el intendente, y se puso a escribir.

—¿Por qué diantres habrá venido? —se repetía a sí mismo el buen señor Francesco. Una idea lo preocupaba desde la llegada de Sebastiano, una idea que despertó el misterio que rodeaba al joven.

«Ya verás —pensaba en secreto el señor Francesco—, ya verás que el hijo del señor Paolo ha cometido alguna locura. ¿Quién sabe? ¡Son tan temperamentales, estos sardos! El señor Paolo ni siquiera parece de esta raza, pero ¡sus hijos…! Después de todo, cuando uno es joven no hace falta nada más. ¡Quién sabe, quién sabe!».

Finalmente, llegó a la conclusión de que Sebastiano había cometido alguna irregularidad y que era un fugitivo. Su conducta alimentaba la duda. Había rogado al intendente que no le dijera a nadie que se encontraba allí, y que no lo molestara en absoluto, si alguna vez pasaba por San Giaccomo algún ciudadano de Orolà. No quería que lo vieran.

Y el recelo del señor Franceso empezó a volverse atormentador cuando llegó Paolo Velèna, quien se dignó compartir con su intendente que su pequeña Caterina se había comprometido con el abogado Rosa.

Sebastiano estaba presente, y el señor Francesco no se percató de que esta participación se dirigía más a otros que a él. Paolo se retiró con su hijo y hablaron largo y tendido en secreto.

El intendente no era curioso y, además, tenía un poco de sordera, así que no entendió nada; pero, de repente, las voces de padre e hijo se alzaron y se volvieron agitadas y vehementes. El señor Francesco oyó a la perfección que Paolo Velèna llamaba imbécil, loco y estúpido a Sebastiano.

—¡No puedo, no puedo! —decía este—. Es inútil que me atormentéis.

Luego las voces volvieron a bajar, y el intendente no oyó nada más.

Pero, como el señor Francesco no era tonto, se percató de que algo inusual flotaba en el ambiente, y, al volver a ver a los señores —como los llamaba respetuosamente—, encontró sus fisonomías graves y agitadas. Y su duda se convirtió en una certeza cuando Paolo Velèna le explicó de forma plausible la presencia de Sebastiano en San Giacomo.

Las tierras donde los especuladores sardos —y, la mayoría de las veces, no sardos— hacen los trabajos luego las abandonan, de modo que no producen lo suficiente para pagar las rentas. Es cierto que la mayoría de las veces son terrenos áridos, barrancosos, y solo sirven para siembras o para el pastoreo de cabras.

San Giacomo, sin embargo, era un lugar fértil y llano, relativamente cálido; estaba protegido por las montañas que cerraban primero el bosque y, luego, el altiplano. Y de estas montañas caía agua en abundancia, arroyos que en invierno engrosaban los afluentes del Cedrino y en verano se inundaban, lo que hacía que el aire fuera un poco peligroso, pero fertilizaban la tierra.

Ahora los trabajos de San Giacomo habían terminado, pero Paolo Velèna no tenía intención de revender el terreno o abandonarlo. Quería hacer una hacienda —viñedo, huertas, tierras de cultivo y pastos— y Sebastiano había llegado para estudiar el asunto.

El señor Francesco se sintió satisfecho y pensó que había sido tonto al rememorar sus sospechas sobre Sebastiano… como delincuente y fugitivo.

Entonces, esa especie de estupor que hasta ese día había oscurecido la fisonomía de Sebastiano desapareció como por arte de magia. Había salido de su casa sin saber adónde ir, con la muerte en su alma, sin propósito, sin rumbo; y allí arriba había encontrado el sueño más intenso de toda su vida. Su padre le daba una tierra virgen, una casa, una suma para pagar los brazos necesarios y cumplir su sueño.

Ahora Sebastiano, en la flor de su juventud y de su fuerza, podía comenzar su obra con la esperanza de verla culminar antes de morir. Entonces tenía veintisiete años; en la intimidad, era casi un muchacho, y es que su vida siempre había sido muy pura, pero la férrea energía de sus nervios y de sus músculos, la vigorosa salud de su sangre, su fuerza de voluntad, hacían de él un hombre fuerte, un verdadero conquistador.

Al principio sintió una alegría casi febril; le parecía que todas las nubes se desvanecían de su horizonte, y pensó que podría olvidarlo todo: Anna, sus hermanas, sus hermanos, su madre y sus amigos, Gonario Rosa y la casa de su padre. Ni siquiera dudó un minuto de sí mismo y todo le parecía fácil. Su visión, hasta entonces asentada en el vacío, se alzó ante él, nítida, grande, clara y brillante.

Exploró el terreno, rincón a rincón, sintiendo la tierra, examinando el agua y el aire. A la derecha del límite del bosque, hacia el pueblo, vio una ladera sin cultivar, cubierta de acebuches, lentiscos y perales silvestres.

«¡La compraremos!», pensó, en medio de un zarzal. Caía la tarde, una de aquellas extrañas tardes de invierno cuando el viento barre las nubes violetas y el cielo parece inusualmente alto y claro, de una pureza como la del agua. Sebastiano vio un joven y frondoso olivar palpitando por la ladera, y vio la prensa de aceitunas exprimiendo esa límpida riqueza que es el aceite de oliva.

Luego, en el camino de vuelta, a la luz de un violeta dorado que iluminaba las pocas encinas del claro, sobrantes de la tala, Sebastiano soñó con el viñedo con largas hileras de cerezos en los amplios viales de arena, y un bosque de almendros alineados y finos. Vio los huertos cerca del arroyo, las granjas, los pastos, el trigo rubio alrededor de los viñedos...

Nunca olvidaría esa noche.

Las azuelas de los carboneros golpeaban los troncos; alguien cantaba melancólicamente, y el eco de la noche repetía las voces vibrantes en la soledad.

Sebastiano se detuvo cerca de los hornos humeantes del carbón, y habló largamente con los trabajadores, que lo saludaban con respeto.

Más adelante, se encontró con los carreteros que habían venido de la ciudad para cargar el carbón y llevarlo a la playa, desde donde Paolo Velèna lo enviaba a Livorno. Sebastiano preguntó si había noticias de su casa. Uno de los carreteros le trajo una carta y una carreta llena de cosas. Había visto a la señora Maria; estaba sana, al igual que el resto de la familia.

—¿Volverá pronto usted? —preguntó.

—No lo sé —respondió Sebastiano—. Incluso después de terminar, me quedaré aquí porque empezaremos a construir el muro alrededor del terreno.

—¿Haremos una cerca?

—Sí, una cerca.

Antes de regresar, Sebastiano se detuvo frente a su extraña casa. El joven que servía al señor Francesco, y que al mismo tiempo ejercía de cocinero, sirviente y despensero, pasó junto a él y le dijo respetuosamente:

—Buenas tardes. Han llegado sus cosas.

—Ahora mismo voy, Marco.

En cambio, se quedó un rato soñando, de pie en el claro que rodeaba la casa. Era casi de noche, pero el haz de oro de la luna nueva caía más allá de los bosques húmedos e iluminaba, fundiendo su luz con el último brillo del crepúsculo, los mosaicos de la fachada.

Sebastiano completó su visión; vio la iglesia de San Giacomo transformarse en una verdadera casa, y pensó con ternura en su madre, que tal vez, después de que todos sus hijos siguieran sus respectivos caminos, se trasladaría allí arriba para pasar sus últimos dulces días.

Entró. Durante todo el día, como siempre, había pensado en Anna. No podía desterrarla de sus pensamientos, ella era su dueña, pero ese día su figura se volvió desvaída, indefinida, tanto que Sebastiano creía que pronto la olvidaría. Ya no se desesperaba pensando en su lejanía, en su completa separación, y, mientras su pasión por ella se disolvía, sentía que incluso su resentimiento por Gonario se desvanecía un poco.

No se daba cuenta de que era efecto de su nuevo sueño; el más mínimo golpe podría rasgar el velo brillante que cubría su alma.

De hecho, en cuanto vio las cosas que habían llegado de su casa, la ropa, ropa de casa, periódicos, provisiones, dos sillas, una almohada y, finalmente, todo lo que él mismo le había pedido a su padre, sintió que la sangre se acumulaba en su corazón, en su cerebro.

Y la tristeza se apoderó de nuevo de él; la tristeza sombría y vehemente de los primeros días. Sus hermanos y sus hermanas, y sus padres, y cada rincón de su casa, cuyos objetos, que habían llevado allí, despedían como un perfume, regresaron a su corazón. Una gran ternura por Nennele se adueñó de él, el afán de volver a verlo, de abrazarlo con fuerza, de charlar y reír con él. La nostalgia de las costumbres interrumpidas, de las cosas dejadas para siempre, lo invadió fatalmente como un sutil veneno; el pasado aplastó el presente y el futuro, igual que estos, horas antes, vencían al pasado.

Con nerviosismo, lo puso todo en orden. La habitación, que hacía las veces de dormitorio y estudio, era amplia, llena de polvo y desordenada. Se percibía claramente que ninguna mano femenina había estado cerca de aquellas paredes blancas, una de las cuales conservaba una cornisa de iglesia, aquellos muebles de campo, más que modestos. Había dos ventanas; una pequeña y nueva, de madera sin barnizar, sin cristales, que solo se abría cuando hacía buen tiempo o para ventilar; la otra era la ventana semiovalada de la iglesia, en lo alto, bajo la cornisa, restaurada y armada de vidrio. Así, la luz llovía desde arriba, y a esa hora penetraba un triste rayo de luna al atardecer que describía una curva de alborada amarillenta alrededor del gran ventanal, donde no llegaba la escasa luz de la lámpara de Sebastiano.

Vencido por la tristeza, el joven lanzó la almohada a la cama después de haber colocado sus cosas aquí y allá, y se acostó, esperando el regreso del intendente.

Se puso a leer los periódicos, pero por mucho que se esforzaba no conseguía que le interesaran hechos que no le concernían.

Sentía ese agudo e intenso egoísmo que surge de una gran alegría o de un gran sufrimiento, que nos parece que todo el mundo se resume en nosotros, únicamente en nosotros, dentro de nosotros, en los casos y en las cosas que causan la tensión de nuestros nervios.

Mientras leía importantes despachos políticos, su mejora sollozaba: «¡Volveré! Volveré: ¿qué hago aquí, solo, en este desierto?».

Mientras leía un violento artículo de fondo contra el ministerio, pensaba en las graves consecuencias que su ausencia traería a su hogar.

Había pensado en ello a menudo, pero nunca tan intensamente como a esa hora.

—¡Volveré! ¡Volveré!

¿Qué importaba su sueño, la realidad de las quimeras que había visto tan nítidamente aquella tarde? ¿Y luego? Y luego ¿qué? ¿Qué más daba, si el eje de su existencia estaba roto, si nada podía compensar el gozo y el dolor que había experimentado? ¿Si estaba solo para disfrutar de sus bienes, de su sueño? ¡Anna!

Volvería; tenía, quería que ella lo amara. Sin ella no podía hacer nada. Con sus pequeñas manos delicadas rompía de uno en uno los nervios y los músculos de Sebastiano. Él sentía encorvarse su alta persona de hierro, y quien lo había alejado de su hogar y de su deber ahora lo atraía irresistiblemente de vuelta.

Sin embargo, durante muchos días, ese segundo yo, que dividía a Sebastiano, luchó ferozmente contra la nostalgia, contra la pasión, contra la desesperación y el afán prepotente del regreso. La idea de pasar por un demente; el pundonor, el pensamiento de tener que abandonar su sueño recién alcanzado y escuchar a su padre decirle: «¿Qué pasa, te has asustado?» lo ataban, lo retenían.

Sobre todo, la última duda.

Durante el día, en aquellas cortas y oscuras jornadas, llenas de viento, de frío, de barro, pero animadas por el trabajo asiduo de los carboneros y los carreteros que rodeaban a Sebastiano como figuras negras de un triste sueño, él vacilaba así, entre el pundonor y la pasión; pero, cuando llegaba la noche, con la pesada melancolía de los crepúsculos nubosos del invierno, con el gran silencio de aquella inmensa soledad desolada, casi tenía ganas de llorar, y en su corazón decía: «¡Mañana volveré!».

Estaba realmente decidido cuando una de estas tardes, a finales de marzo, recibió una carta de Anna que más o menos decía así: «Caterina se casará alrededor de septiembre, si no antes. Angela vendrá para la boda y luego me llevará con ella… ¡tal vez para siempre!».

Al día siguiente, Sebastiano montó en su caballo y se dirigió al villorrio para buscar a los hombres que iban a hacer el muro circundante de la hacienda de San Giacomo. También acudió al propietario del bosque de acebuches, que lindaba con el suyo, para hacer los trámites de compra de las tierras.

Su rostro estaba pálido; su perfil, algo contraído; pero una gran energía se leía en su dura mirada, muy severa. ¡No volvería nunca más!

En aquel Carnaval, las muchachas Velèna se divirtieron mucho. Iban a los bailes del círculo y del subprefecto. Los oficiales cortejaban a Lucia, a Anna e incluso a Caterina. Gonario estaba celoso, y una noche fue a desafiar en duelo a un teniente que cortejaba a su hermosa prometida. Caterina, también celosa, lloraba, decía que quería echar a Gonario y que lo odiaba; a cada momento, las escenas se sucedían. Pero entonces los dos prometidos se reconciliaban y se adoraban más que nunca.

Iba cada día a casa de los Velèna; a menudo acudía por la mañana y se olvidaba de marcharse. Cesario se molestaba y pretendía que la boda se celebrara pronto. La presencia de Gonario, como prometido, lo fastidiaba extrañamente; lo conocía tan bien que le parecía imposible verlo encaminado hacia el matrimonio. Estaba seguro de que, si seguían así, los prometidos acabarían odiándose por un exceso de amor; había que evitar que se vieran tan a menudo o que se casaran pronto. Apremiada por los comentarios molestos de Cesario, la señora Maria trató de hacer entender a Gonario que disminuyera sus visitas o que acelera las nupcias. Él no pidió nada mejor; le habría gustado casarse enseguida, ese mismo día. La boda se fijó para principios de septiembre; el tiempo necesario para la confección del ajuar de Caterina y tantos otros detalles.

—Se casan en septiembre, a principios de septiembre —le dijo una tarde Lucia a Anna.

Estaban en el huerto, apoyadas en el muro, en una cálida tarde de marzo, mirando a Nennele jugar con otros niños en la pendiente, donde la hierba volvía a crecer. Dado que Caterina no tenía preocupaciones, sonrisas ni pensamientos que no fueran para Gonario, Anna, que se sentía sola y triste, se había acercado a Lucia, con la que nunca había tenido mucha confianza. Y Lucia, que tal vez la esperaba, la había aceptado afectuosamente. En pocos días se entendieron, como no se habían entendido en largos años, y Caterina, que lo quería todo para ella, se puso celosa de su amistad. No se quejó porque se dio cuenta de que, si Anna se había distanciado de ella, la culpa era suya.

—¡Qué lío, qué lío! —continuó Lucia, en voz baja, metiendo los codos entre las piedras del muro y agarrándose la cabeza con las manos.

—Sí —respondió Anna—, yo pensaba que serían novios al menos uno o dos años. ¡Tu hermana es tan pequeña!

Y rio ante la idea de que Caterina fuera la mujer de la casa, Caterina, que todavía jugaba con Nennele, que lloraba por nimiedades. Entonces exclamó:

—Pero ¿es realmente cierto? ¿Quién te lo ha dicho?

—Mamá. Ha venido el padre de Gonario, ¿no lo has visto esta mañana?

—Sí. ¿Ha venido para esto?

—Sí. Y eso han decidido.

—Es posible, ¿y tu madre ha accedido? —exclamó Anna, asombrada, y, tratando de mostrarse indiferente, dijo—: Quién sabe si en estos seis meses Caterina aprenderá algo. Él es bastante rico para rodearla de sirvientes, pero eso no es suficiente en una casa tan grande, tan solitaria. Las sirvientas mandarán; ella obedecerá, como ahora obedecen Gonario y su padre...

—¡Ah, ah, no lo sabes bien! —exclamó Lucia con una risa amarga—. ¡Nennele! —gritó entonces—, ¡suelta esa piedra! Pero..., digo, ¿quieres escucharme? ¡Nennele, no me hagas perder la paciencia, animalito! ¿No ves que te estás estropeando el faldón? ¡Nennele! ¿Llamo a mamá?

Nennele dejó rodar la piedra; Lucia pudo retomar la conversación con Anna.

—Pues bien —dijo con amargura y sarcasmo—, ¡Caterina no necesita ser la señora de la casa! Se quedan aquí, ¿sabes?

—¿Se quedan aquí? —gritó Anna, conmocionada. Tuvo la sensación de ponerse pálida, pero hizo un esfuerzo supremo para no traicionarse.

—A ti también te sabe mal, ¿verdad? ¿A quién no le sabe mal? Pero, claro, ¡ella siempre ha sido la favorita! Se quedarán aquí, aquí... De todas formas, Sebastiano no volverá... Y así tendremos dos abogados en casa; ¿qué más necesitamos?

Lucia no pudo y no quiso decir más, pero Anna vio dos lágrimas brillando en sus grandes ojos oscuros, e intuyó toda la amargura de su prima, pero su terror y su pena no le parecieron menos agudos.

No, era demasiado, ¡demasiado! ¿Por qué Dios era tan implacable? Ella esperaba, había esperado hasta entonces, que con la boda de Caterina cesaría una parte del martirio que la oprimía. Al menos, ya no vería a Gonario a todas horas, ya no volvería a huir como si le diera vértigo sorprender a los novios mirándose con el alma en los ojos, cuando él prodigaba a Caterina aquellas delicadas carantoñas, atenciones y cuidados que son las demostraciones más sutiles y evidentes de un gran amor. También había esperado que, después de la boda, Sebastiano regresara. Ella veía y sentía el vacío que este había dejado en su casa.

Muchas cosas habían cambiado, mucha agitación se producía. La presencia brillante de Gonario no bastaba para llenar el vacío que había dejado Sebastiano.

Y Anna también intuía la tristeza oculta de Maria Fara por la lejanía de su hijo y la agitación que esta ausencia causaba. Ahora, si Gonario se quedaba en casa, Sebastiano no volvería nunca. Aparte de lo demás, ¿qué escándalo no era ese? Ella se consideraba la causa de todo, y se sentía mortalmente triste. Al principio, la idea de que Caterina fuera a casarse pronto le había provocado una especie de alivio, pero ahora la consumía.

No, Sebastiano no volvería; y ella tampoco podría quedarse. ¿Adónde, adónde iría?

—¿Y qué dice Cesario? —preguntó a Lucia.

—Bueno, a él le importa. ¿No sabes cómo es? No se preocupa por esas miserias, aunque él fue quien aconsejó que se casaran pronto. La presencia de Gonario, ahora, le molestaba un poco, pero luego le resultará indiferente, como todo lo demás…

—¿Y tú no te opondrás?

—¿Yo? ¡Dios me libre! ¿Todos están contentos? Mi madre está segura de que Sebastiano no volverá…, ya lo sabes, se queda en San Giacomo para cultivar el salto…, ¡en fin! Oye, el secreto es este. Giovanni Rosa quiere que Gonario se haga una casa; mi madre sabe que Caterina…, basta, Caterina quiere quedarse aquí, cueste lo que cueste. Mi padre está contento, todos lo están. Yo… no sé nada, no digo nada, pero preveo cosas feas. Me lavo las manos. ¿Y tú?

—¿Yo? —exclamó Anna, que rio de mala gana—. Estoy encantada.

Pero, cuando estuvo sola, se recluyó en el rincón más alejado del huerto y se quedó una larga hora apoyada en la pared, con el rosto impasible y los ojos perdidos en una triste visión.

Dos semanas antes había ido a su pueblo para asistir al bautizo de la hija de una pariente suya. Alojada amablemente por sus familiares, durante algunos días llevó una vida extraña y sencilla; tuvo la sensación de estar buceando en una refrescante ola de olvido y paz. Los jóvenes la cortejaban, las mujeres la mimaban, y la llevaron de casa en casa, a los campos, a las granjas, y la obligaron a disfrutar y a olvidar.

—Sí —se dijo a sí misma una noche—, ¡todo ha sido un sueño! —Y le pareció que había olvidado por completo a Gonario Rosa, el primero, el único, su tormentoso sueño. Le pareció que, mientras descendía hacia la ciudad, con su vestidura todavía cargada de los aromas agrestes de los campos, cuyos almendros y espinos estaban en plena floración, habría creído que se dirigía allí por primera vez. Habría vuelto a ver a Gonario con indiferencia, tal vez lo habría querido como a un hermano, como quería a sus primos. El rostro bronceado del joven, que destacaba entre los demás con su original belleza, ya no la haría palpitar nunca más. No, ella ya no lo miraría con una sonrisa en los labios y el miedo en los ojos.

Estaba casi segura de sí misma, cuando en la mañana de la ceremonia sintió una extraña impresión. A su regreso de la iglesia, según la costumbre del pueblo, desayunó en la habitación donde había nacido la niña. La joven madre se metió en su cama; vestida de cintura para arriba con su flamante corsé de terciopelo, estaba sentada en la gran cama de madera, apoyada en las almohadas de percal, con la niña acostada a su lado. La mesa estaba puesta, junto a la cama, para que la puérpera participara en la comida. Habían invitado a los familiares más cercanos, y al final del desayuno tenía que llegar un pastor con un lechón que la comadre regalaba a la madrina.

Todo esto divertía a Anna en gran medida; se reía, con el rostro resplandeciente de alegría, y pensaba en el placer de contar esas rarezas a Caterina, Antonino y Nennele.

Sí, estaba curada del mal de la melancolía y nunca se había reído con tanta sinceridad.

Al cabo de una hora, tal y como se había acordado, llegó el pastor: un joven cuidadosamente vestido para la ocasión.

El pastor depositó sobre la mesa una cesta ancha de gamón donde, sobre un lecho de suaves frondas de mirto, brillaba el lechón de la comadre, y dijo alguna frase de ocasión.

Pero Anna no oyó nada. Casi como si un fantasma se le hubiera aparecido de repente, miraba con los ojos abiertos de par en par al joven pastor. Una profunda angustia siguió a la alegría que había experimentado poco antes, y Anna, con humillación y con terror, sintió que no olvidaba. Su mundo interior no cambiaba: los acontecimientos externos podían, por un momento, velarlo, pero el mínimo impacto bastaba para disipar cualquier niebla.

Era una cosa muy simple y dolorosa, uno de aquellos hechos singulares que ocurren a menudo. ¡El rostro del joven pastor se parecía perfectamente al de Gonario Rosa!

«Yo también me iré, como Sebastiano», pensó Anna mientras se alejaba de la pared, después de recordar, estremeciéndose todavía por la humillación y el rencor contra su impotencia, la impresión que sintió aquel día.

Y a lo lejos le sonrió como un gran iris de paz y esperanza. Cruzó todo el huerto. Más allá del muro, los niños seguían jugando; a través del seto, sus gritos y risas alegres llegaban hasta Anna.

Ella recordó; recordó los primeros días después de su llegada, y volvió a ver a Sebastiano, que, tijeras en mano, amenazaba con cortarle la punta de la nariz a Caterina.

Y pasó, con una sonrisa en sus pálidos labios, cuyas comisuras se replegaban con tristeza infinita.

En el tibio cielo de un azul descolorido, diáfano, viajaban insensiblemente dos filas de nubes dispersas, blanquísimas; parecían dos grandes paños de velo arrancado, alentadas ligeramente por la brisa alta que suavizaba un poco las copas de los almendros. Tenían como una sonrisa de suprema dulzura, y parecían viajar hacia un sueño lejano que sabían que no podrían alcanzar. Estas expresiones de la naturaleza y del cielo se reflejaban en el fino espíritu de la muchacha meditabunda.

Muchas veces, ella extraía de la visión de las cosas inanimadas el valor, la fuerza, la idealidad que no encontraba en las almas humanas.

Así, en la tristeza de aquella noche, le pareció que los árboles, el cielo, las nubes, la transparencia del horizonte, sentían sus pensamientos y participaban de ellos. Sin duda, el sentimiento que ella daba a las nubes viajeras era el suyo. Pasando bajo los almendros en flor, respirando el aire suave donde tantos de sus sueños se habían dispersado, su corazón dijo, al pensar en el día de la partida: «¡Adiós!».

Y le pareció que las últimas copas de los almendros en flor se curvaban ante su paso para despedirse de ella, haciendo llover sobre su cabecita, su trenza, su blusa de lana oscura, sus delicados pétalos blancos y los cálices rojos para decirle: «¡Adiós!».

Al entrar en casa, vio que Gonario estaba allí.

Caterina, muda de regocijo, cosa que se filtraba a través de sus movimientos, preparaba la bandeja con el servicio del café.

Gonario se paseaba por la habitación. Parecía que no prestaba atención a Caterina, quien, a pesar de que no se sentía observada, ponía una gracia indescriptible en cada movimiento de las manos y de su pequeña persona. Gonario no dejaba de ir y venir, pero, con la familiaridad que se había tomado, cantaba el aria de *Ricardo III*:

Avrai d'effluvi arabici
il crine imbalsamato…*

Su voz revelaba tanta pasión y, sobre todo, tanta intención que Anna sintió la necesidad de dar a conocer, poco después, mientras servía el café, la decisión que había tomado: que se iría con Angela al continente, al menos un tiempo, después de la boda de Caterina. Y también se lo escribió a Sebastiano.

---

* Tendrás la crin embalsamada de los efluvios árabes. (*N. de la T.*)

Las almas honestas

Annicca Malvas, doña Anna, como la llamaban, regresó del continente, junto con Angela, al final del pasado mes de abril.

Angela Demeda, que no tiene hijos, se ha convertido en una señora chic. Su marido, en poquísimos años, ha hecho carrera; Angela se hace traer ropa de París, habla francés a menudo y, cuando pasa por una calle, deja tras de sí una sutil corriente de perfumes aristócratas. Durante el viaje, Anna parecía su dama de compañía.

Sin embargo, la Anna que había partido en septiembre de 1892 no se parecía mucho a la Anna que regresaba. Parecía más alta, más formada; incluso su mirada era distinta, más viva, más inteligente. Cuando hablaba, sus ojos se animaban maravillosamente, y ni siquiera el más atento de los observadores habría podido discernir en sus brillantes iris resplandecientes de vida ninguna sombra de tristeza o arrepentimiento.

Solo por momentos tenían una vaga sombra de cansancio o de indiferencia que parecía despectiva, pero tal vez fuera la incomodidad del largo viaje.

Anna iba vestida de forma impecable para viajar; un sencillo vestido gris, y un bonito gorro de la misma tela cubría su pelo, que estaba rizado un poco por encima de la nuca, en un nudo apretado, del que se escapaban algunos rizos. Tenía la frente libre, muy blanca, pero en las sienes brotaban juguetonamente unos suaves mechones que, sin embargo, parecían rebeldes.

Una gran sencillez, una gran despreocupación, en sus sonrisas, en sus palabras.

Cuando hablaba, se animaba, sus ojos brillaban, su sonrisa confería como una vibración metálica a su dulce voz, pero se notaba que se interesaba en los discursos de los demás por amabilidad.

Sin que le importara, su vestimenta le caía de tal manera que cada pliegue parecía estudiado. Parecía que fuera la tela, que, provista de un alma amorosa, buscaba envolver con elegancia a la gentil personita. Cuando ella caminaba, cuando se giraba, los limbos de su falda se ondulaban, se enredaban, luego volvían a desplegarse de forma adorable, dejando ver de vez en cuando los pequeños pies calzados con zapatillas grises.

Caterina estaba aturdida y casi mortificada. Al lujo y a la elegancia de Angela ya estaba acostumbrada, pero Anna, ¡Anna!

Caterina amamantaba a su primer bebé, bastante feúcho y muy travieso, decía ella. El primer pensamiento, las primeras caricias de Anna, como nueve años antes, a su llegada, habían sido para Nennele, ahora eran para este pequeño, que le sonrió inmediatamente. Riendo, el pequeño Giovanni estaba casi guapo, y Anna lo tomó en sus brazos y lo acarició.

—Déjalo —dijo Caterina—, te ensuciará. ¡Qué guapa te has vuelto, Anna!

La miraba de arriba abajo, cada vez más asombrada. Ella, Caterina, engordaba; no tenía veinte años y ya era matrona, así, sin busto, con una bata de franela que la hacía parecer más grande de lo que era.

Después de los primeros meses de matrimonio, los recién casados tuvieron periódicamente cuestiones que alteraban en gran medida a Caterina. Y, como todo el mundo siempre daba la razón a Gonario, que, por cierto, se molestaba por cosas sin importancia, Caterina se desahogaba escribiendo largas cartas a Anna. Le contaba las vulgaridades de su marido, le decía que la maltrataba, que era un egoísta, celoso, soberbio, vulgar, que se arrepentía de haberse casado con él; y a veces terminaba reprochándole el haber favorecido y ayudado a que se celebrara su matrimonio. Anna le respondía con largas cartas con un tono amable, ingenioso y espiritual, y le decía cosas dulces y persuasivas que la calmaban por completo, también porque casi siempre le llegaban cuando había pasado el tiempo suficiente para calmarse.

Sin embargo, Anna nunca le daba la razón: a veces le tomaba el pelo y terminaba dándole consejos de obediencia y sumisión a su marido.

Gonario leía estas cartas y se daba cuenta del bien que le hacían a Caterina.

—¡Si te parecieras a tu prima! —gritaba a menudo a su extraña esposa, cuando ella lo atormentaba con sus rabietas de niña malcriada.

Y el mero recuerdo de Anna parecía calmar a Caterina. Entonces, una especie de arrepentimiento pasaba por los ojos de Gonario; pero Anna estaba demasiado lejos para darse cuenta, y, cuando estaba cerca, si se hubiera dado cuenta, habría respondido con una mirada de profunda indiferencia.

Tras el nacimiento algo tardío del pequeño Giovanni, hubo una larga paz, un armisticio que parecía eterno; pero, de repente, Caterina volvió a ponerse en contacto con Anna con nuevas jeremiadas: Gonario la descuidaba, tan solo pensaba en divertirse, no quería al pequeño, no quería a nadie...

—¡Bendita seas! —le dijo mientras tomaba a la fuerza a Giovanni de sus brazos—. Pareces una niña y yo, una vieja. Malditas bodas. ¡No te cases nunca, Anna!

—¡Si no tengo la oportunidad! —rio ella.

Y la regañó con suavidad y le repitió de viva voz sus consejos, poniendo como ejemplo a Angela y a Pietro.

—Desde que vivo con ellos, nunca los he oído decirse una palabra fuera de tono.

—Pero Pietro no es exigente; es cristiano, no una bestia, como otros...

Anna le puso una mano en la boca.

—Mira —dijo—, las bestias somos nosotras, las mujeres. Los hombres siempre tienen razón, ¿no es cierto, Giovanni? —Y sonrió al niño, se inclinó y le puso un dedo en el hoyuelo de la barbilla.

El bebé volvió a sonreír.

—¿Por qué dices que este señorito es malo? Mira cómo sonríe, mira, mira qué guapo es. Dice que sí, ¿no lo ves, tontita, que no eres más que una tontita?

Se arrodilló, descubrió los graciosos piececitos de Giovanni, los tomó entre sus manos y los acarició mientras él reía con pequeños chirridos de pajarito.

—Levántate, levántate —dijo Caterina—, muévete de ahí. Sí, soy tonta, y Gonario tiene razón. Pero, mira, me trata como a una niña y no lo soporto…

—Por esto de aquí, con esto de aquí, ¡tienes que aguantarlo todo! —exclamó Anna, que besó los bonitos piececitos de color rosa llenos de hoyuelos. (El pequeño movía los dedos gordos de los pies de una forma adorable)—. Ponte seria, Caterina. En dos o tres años, te reirás de ti misma. Podrías ser, ¡de hecho, ya eres muy feliz! Claro, tú nunca has sabido lo que es el dolor; de lo contrario, darías las gracias a Dios por la felicidad que tienes, ¡completa!

Así, continuó haciéndole una larga prédica con tanta convicción que Caterina se preguntó de dónde había sacado su prima tanta experiencia sobre la vida y los hombres. En cierto momento, Giovanni se puso a gritar, llorando a lágrima viva.

—¡Lo ves! —exclamó Caterina—. ¡Es malo, malo, malo…!

—¡Porque su madre también es mala!

Caterina inclinó la cabeza y no respondió, pero, de repente, Anna se dio cuenta de que su prima lloraba junto al pequeño.

—Si te quedaras conmigo —murmuró Caterina—, yo podría volverme buena…, tal vez…

—Me quedaré, seguro que me quedaré…

Hablaron largo y tendido sobre Cesario y Sebastiano.

Este último seguía viviendo en San Giacomo. Venía a menudo a la ciudad para ocuparse de los asuntos familiares, ya que Paolo Velèna siempre estaba atareado con sus negocios y Gonario Rosa se lavaba las manos de buena gana.

Por lo demás, Anna ya sabía estas cosas. Sabía que Sebastiano no solo se había reconciliado con la familia y con Gonario, sino que incluso había asistido al bautizo del pequeño Giovanni. Como la mayor parte de los abogados, Gonario y Cesario no tenían ni negocios ni clientes. Gonario era lo bastante rico para prescindir de ellos, pero Cesario Velèna tenía que trabajar duro para vivir en el lujo al que se había acostumbrado. Vivir a costa de la familia, sin ganar nada, mientras su padre trabajaba día y noche, después de todos los sacrificios que había hecho para ofrecerle una posición brillante e independiente, era estúpido y vulgar, y, a pesar de su indolencia y su agotamiento, a Cesario no se le pasaba por la cabeza. Y, gracias a influencias y recomendaciones, después de las últimas elecciones, en las que Gonario Rosa y Paolo Velèna habían obtenido más de un millar de votos para diputado, Cesario fue nombrado profesor de latín en el gimnasio de Orolà. ¿Por qué profesor de latín? Anna no sabía explicárselo.

Volvió a ver a Cesario por la noche. Volvieron a verse sin entusiasmo, con la frialdad que siempre había reinado en su relación.

Le pareció que su primo incluso la miraba con un vago aire de burla, de desconfianza, constatando sin duda su transformación. Tal vez esperaba devolverle una vieja deuda, pero Anna se cuidó de ensalzar la famosa belleza de las mujeres romanas, que había visto y admirado, y el encanto de las villas que se ven en las afueras. O, si hablaba de ello, se cuidaba de no despreciar las pobres casas sardas ni a las pequeñas mujeres de ojos grandes llenas de sueños vivaces y extraños. Estudió, a su vez, al altivo profesor, y en los días siguientes trató de averiguar qué había sido de él.

Superficialmente, Cesario seguía siendo... ¡Cesario! Una persona cansada, un rostro pálido que se volvía feo, un par de gafas que velaban dos ojos con fugaces expresiones.

¿Estaba contento, satisfecho? ¿Con qué seriedad, con qué íntimo placer asumía el humilde papel que le tocaba representar? ¿Tenía ambiciones, trabajaba para ascender? ¿No se sentía humillado, derrotado, descorazonado? Porque Anna conocía muy bien el alma de Cesario, y sabía cuánto orgullo y cuánta ambición ocultaba, pocos años antes, bajo su pose cansada e indiferente.

Una vez, el joven sorprendió a su prima mirándolo, y le pareció que ella lo hacía con suave piedad. Y se ruborizó.

Anna nunca había visto a Cesario sonrojarse. Sintió una fuerte conmoción, y su corazón le reveló muchas cosas. El rubor de Cesario le decía:

—Sí, ¿y bien? Sé que te apiadas de mí, pero ¿qué más da? Tenía que acabar así, mas no es culpa mía. Sí, lo sé; he derrochado casi una fortuna, he malogrado mis años más fuertes sin trabajar, o, mejor dicho, trabajando, sí, consumiéndome a fuerza de cavilar; y entonces terminé... aquí, humildemente, en un pequeño lugar cuyos ingresos apenas me alcanzan para vivir... Y, sin embargo, ¿sabes, prima? ¡Cuántos y cuántas serían felices en mi lugar! ¡Cuántos abogados que, al estudiar, se han comido sus tierras, han arruinado las pequeñas fortunas de sus familias, y ahora no tienen ni un cliente..., cuántos médicos sin enfermos, cuántos ingenieros sin empleo..., cuántos farmacéuticos que bostezan en el centro de los pueblos cuyos habitantes no creen en las medicinas, cuántos notarios viajan días enteros, a riesgo de romperse la crisma, para ganar veinte liras! ¡Cuántos, prima, cuántos, si tú supieras! ¡Todos jóvenes, hermosos, elegantes, doctos, cultos, ambiciosos como yo! Hazme un favor, no me mires así; no sé qué hacer con la compasión, por muy amable que esta sea. Sé lo que quieres decirme, pero no sé, si pienso en ello, si soy feliz o sufro. Ni siquiera sé cómo acabaré. ¿Quién sabe? Si tengo voluntad, si mis nervios me lo permiten, tal vez siga adelante. Pero ¿por qué? ¿Por qué debo trabajar? No tengo ningún ideal, no creo en el amor, y por la gloria me siento demasiado pequeño, demasiado vacío, ¡aunque sigo pensando que soy un gran personaje! Tú conoces mi orgullo. Prefiero vivir así, siempre, sin creer en nada, procurando disfrutar, esperando continuamente una hora que no llega nunca. Una gran miseria, ¿no es cierto, prima? Sí, sí, escucha; lo que yo te digo no es la única verdad. Pero en el fondo yace otra. Tú la comprendes, así que es inútil que te la revele. Me sonrojo, ya ves, pero así es. Sí, me siento humillado, pero no quiero dar muestra de ello, y soy más soberbio que nunca en mi humillación. Soy ambicioso, pero tengo pocas esperanzas en el futuro. Y sufro, sí, sufro, porque he perdido el rumbo, pero quiero parecer indiferente incluso a mí mismo. Soy uno de los que nunca estará contento de sí mismo ni de nadie, ya ves; que quiere que el mundo y la vida lo traigan sin cuidado, pero no puede. Pero te lo repito, hazme un favor, no te apiades de mí. No quiero la compasión de nadie y menos la tuya. O más bien sí, ten un poco de amable piedad por mí, pero no me lo demuestres, porque, si me doy cuenta, ¡tengo derecho a ofenderme y decirte que eres tonta!

Anna lo comprendió, y no miró más a Cesario de una manera que lo hiciera ruborizarse.

Hacia mediados de mayo, Angela, Anna y Paolo Velèna fueron a San Giacomo. Se podía ir en carruaje hasta la aldea vecina y, desde allí, subir a pie, pero Angela prefirió viajar a caballo.

Después de la famosa caída, no había vuelto a experimentar el placer de cabalgar, y Anna tampoco montaba desde hacía muchos años.

Eligieron dos buenas potrancas negras, de aquellas minúsculas bestias sardas mansas, con corvejones fuertes y un andar tranquilo, y el viaje se desarrolló felizmente.

Al principio, Anna daba gritos, temerosa de caerse, pero, cuando llegó frente a un precipicio, donde empezaban las difíciles subidas del altiplano, tomó una gran resolución. Se sentó a la manera sarda, es decir, a horcajadas, y ya no tuvo miedo.

Angela comenzó a mofarse de su prima, pero luego terminó imitándola, frente a la probabilidad de caer rodando por las escarpadas y barrancosas laderas, donde la hierba crecía en grandes matojos entre el tomillo silvestre que aromatizaba el aire.

En los senderos del altiplano, Anna, que de vez en cuando hacía galopar a su yegua y luego se detenía en la distancia para esperar a sus parientes, se reencontró con toda su poesía antigua.

El delicioso viento, lleno del penetrante aroma de las plantas palustres y del tomillo, la arrollaba con caricias salvajes y le despeinaba el cabello, que le caía en la cara. ¡Cuántos recuerdos indistintos traía el viento de las alturas, y qué esperanzas y qué sueños vagaban con sus fragancias! De las zarzas verdes, brillantes al sol, enredadas con rosas y flores, los pájaros se elevaban en ruidosas bandadas por el cielo profundo. A Paolo le habría gustado cazar, pero temía retrasar el viaje.

Una vez que Anna estuvo muy lejos, Paolo y Angela hablaron de ella y de Sebastiano.

—¡Un alma honrada! —dijo Paolo Velèna, que acariciaba con la mirada la figura distante de Anna.

Había envejecido mucho; estaba calvo, con los suaves ojos hundidos, pero una gran energía todavía era visible entre las arrugas de su cara, siempre rosada. Angela también habló largo y tendido de su prima, con una especie de respeto y admiración.

—A pesar de todo —concluyó—, ¡sigue siendo tan niña! Cualquier cosa, incluso pequeña, la perturba, pero se tranquiliza rápidamente, y siempre dice: «Como la vida debe terminar, ¿por qué atormentarnos tanto? Si todo el mundo pensara que todo es vano y pasajero, ¡cuántas crueles pasiones dejaría de haber y qué bien iría el mundo!».

Angela sonrió al pronunciar estas palabras, pero Paolo siguió mirando a la muchacha con ojos dulces. Tal vez sabía algo, porque preguntó si Sebastiano le escribía a menudo.

—Sí —respondió Angela—. Al principio, muy poco, y ella no le respondía. Cuando recibía las cartas de Sebastiano, se mostraba indiferente, a veces incluso visiblemente molesta. Pero luego me di cuenta de que le respondía enseguida. Entonces empezaron a escribirse casi todas las semanas.

—¿Las leías?

—¡Uf! —dijo Angela, que negó con la cabeza—. Me hizo leer las primeras cartas, y me di cuenta a todas luces de que Sebastiano estaba enamorado. Caí del guindo, ¿sabes? Luego no me dejó leer nada más, y yo nunca me tomé la libertad…, ya sabes, tratándose de él. Solo me decía: «Me ha escrito Sebastiano y te manda saludos».

—Creo —dijo más adelante la señora Demeda con una vaga sonrisa—, creo que Anna no volverá conmigo porque hay alguien que la espera. Oh, mi estribo…

—¿Quién la espera? —preguntó Paolo, que se agachó para recolocar el estribo de Angela.

Entonces recordó lo que ella le había escrito poco tiempo atrás, sobre un joven empleado sardo que acudía a la casa de Angela y que se había enamorado de Anna y había pedido casarse con ella. Anna lo había rechazado, pero él, como todos los jóvenes enamorados seriamente, no se había dado por vencido.

—¿Es feo?

—¡No, al contrario! Es un joven atractivo, de buena familia, elegante y bueno. Pero Anna no volverá, no volverá… —dijo Angela con cadencia, balanceando la cabeza.

—¿Te gusta?

—Según…

—Sebastiano parecería un poco extraño —exclamó Paolo después de un momento de silencio—, pero no lo es. Tu madre, ya lo sabías, quería casarlo con Maria. Es rica, pero… poco importa lo demás. Sebastiano será rico aunque no tome una esposa rica…

—¿De qué habláis? —preguntó Anna, que frenó a la yegua y se reunió con su tío y su prima—. ¿Queda mucho? No puedo más.

—Pues ve despacio —dijo Angela—. Hazme el favor, cúbrete la cabeza. Te pondrás enferma. Ya tienes la cara bronceada y manchada por el sol.

—No es nada; es una hoja que me ha rozado la cara —respondió ella mientras se pasaba la mano por la cara y el pelo.

Pero Paolo insistió en que se pusiera de nuevo el pañuelo de seda blanca que se le había deslizado sobre los hombros.

Llegaron hacia el atardecer.

Al principio, Anna no vio más que un muro alto e infinitamente largo. Una verja de hierro dejaba entrever un vial arenoso y, al otro lado del muro, asomaba la fachada de una antigua iglesia.

Una gran calma, un silencio profundo reinaba en todas partes; el paisaje se desvanecía en líneas uniformes, plácidamente extendidas bajo el tenue resplandor del crepúsculo. Al oeste, los bosques, de un verde oscuro, se dibujaban sobre el esmalte dorado del horizonte, mientras que al este y al norte las montañas y los matorrales parecían desvanecerse en el azul pálido del cielo.

Anna sintió como una sensación de frío y la palidez del este cayó sobre su rostro, extenuado del agotamiento.

Paolo bajó de su caballo y empujó la verja, que se abrió chirriando.

Una joven vestida con traje apareció al fondo del vial, pero desapareció enseguida y Sebastiano acudió. Parecía maravillado, aunque lo hubieran advertido de la llegada de Angela y Anna.

—¡Oh, buenas tardes! —exclamó con los brazos extendidos, casi como si hubiera querido abrazarlos a todos a la vez—. Oh, Angela, papá…

Anna se quedó fuera de la verja, pero Sebastiano sentía su presencia.

—¡Hola! —exclamó Angela mientras desmontaba, ayudada por su padre—. ¿Cómo estás?

—Bien, bien… ¡Oh, Anna!

Y su alma exhaló en ese nombre.

La muchacha sonrió, se inclinó y se dispuso a desmontar.

Sebastiano la tomó en sus brazos y la estrechó con locura en su pecho mientras ella se sonrojaba y temblaba como una hoja.

El sueño de Sebastiano se había hecho realidad.

La iglesia de San Giacomo se había transformado en una casa de labranza, algo extraña y pintoresca en conjunto, que impresionó vivamente la imaginación de Anna. Ella se había imaginado una casa de vecindad blanca, uniforme, aunque su primo le hubiera escrito cómo y de qué manera su casa se levantaba sobre los restos de una iglesia.

En realidad, lo único que quedaba de la iglesia era la fachada, con ventanas, una puerta y una escalinata exterior. Dos edificios nuevos flanqueaban la vieja iglesia. Techos de tejas sardas bien cementadas con cal, balcones de hierro y madera, una terraza con balaustrada de ladrillos, grandes ventanales armados de rejas, escaleras exteriores, galerías y una especie de pórtico frente al patio: un conjunto pintoresco.

Además del apartamento del señor, con una cocina contigua, había dos amplias cocinas, o habitaciones bajas para los sirvientes, y otra habitación separada para las sirvientas.

Cantinas todavía vacías, almacenes, despensas y graneros.

En el gran patio había un criadero de gallinas, patos y gansos; dos enormes cerdos devoraban un montón de patatas.

Las habitaciones estaban vacías, y en la frescura de las despensas y de las cantinas se respiraba el aire de un sueño todavía basado en la esperanza y un poco de pretensión.

El año anterior, los graneros se habían llenado de trigo, cebada, habas y otras legumbres secas, cuya venta, hecha por necesidad desde el invierno, es decir, cuando los víveres no han alcanzado su precio máximo, había compensado en parte los costes cada vez mayores del cultivo de la finca.

Paolo Velèna le había dicho a Sebastiano:

—Te daré una suma igual a la que gasté para los estudios universitarios de Cesario.

Pero, aunque esta cantidad no era indiferente, parecía que no fuera suficiente. Solo para los muros habían necesitado miles de liras.

—Pero el mayor gasto —dijo Sebastiano a Angela, al día siguiente de su llegada, mientras visitaban la finca— ha sido esto de aquí, la canalización del agua y los depósitos.

Le explicó tranquilamente cada una de las cosas, mientras Anna, que parecía mejor informada, los seguía en silencio, sin hacer comentarios.

Frente a la casa, a ambos lados del camino que conducía a la verja, se extendía el pequeño jardín, y más abajo estaban los huertos. Todo se había fertilizado a la perfección.

—¿Esto también ha costado una gran suma? —preguntó Angela.

—En absoluto. Como mucho, se gasta en transporte, pero yo gasto poco porque tengo mis propios sirvientes.

Sebastiano tenía tres sirvientes: un anciano y sus dos robustos hijos, hábiles agricultores que trabajaban todo el santo día bajo la atenta mirada de su señor.

Los tres percibían seiscientas liras al año, las botas que gastaban, el alojamiento y la comida.

Dos sirvientas completaban la pequeña colonia.

Una, jovencita, era hermana de los sirvientes; la otra, mayor, era una buena sirvienta de los Velèna, un ama de casa consumada y de conciencia honesta. Así que no podían producirse idilios peligrosos en la nueva, pacífica y patriarcal morada.

El viñedo se había plantado «por invitación», es decir, todos los campesinos del hogar de los Velèna habían prestado gratuitamente su mano de obra tras recibir la invitación; a cambio, les habían preparado comidas pantagruélicas. Para el olivar, es decir, para la plantación de los olivos, se había seguido la misma costumbre.

Sebastiano condujo lentamente a Angela y Anna a través de la finca. En los senderos del viñedo, en el huerto, en el jardín, en todas partes, pequeños árboles frutales, de apenas uno o dos metros de altura, reían bajo el sol que esmaltaba sus pequeñas hojas llenas de vida.

Una hilera de albaricoqueros atrajo especialmente la atención de Anna. No había ningún árbol más delicado y poético que el albaricoquero. Las hojas tenían todos los matices del rojo delicado, y tan diáfanas, iluminadas por el sol, parecían flores peregrinas.

Los sauces, en la orilla del arroyo encauzado, habían crecido maravillosamente en un año. Se inclinaban suavemente y, con cada reverencia, una cascada de perlas parecía caer en las espléndidas aguas del arroyo. Más abajo, las adelfas se alzaban en grandes manchas, formando deliciosas islas donde el arroyo, sin terraplenes allí abajo, se ensanchaba y fluía junto a un campo lleno de lino. Entre las adelfas, Sebastiano cazaba todas las tardes perdices y las aves que formaban la parte imprescindible de sus comidas. Más allá del arroyo, había un bosquecillo de almendros.

Y por todas partes había setos grises de chumberas jóvenes, e hileras de uva espina y arboledas de juncos, brillantes bajo el sol.

—La bendición de Dios ha llovido sobre esta tierra —dijo Angela, absolutamente admirada.

¡De hecho, allí arriba todo era fértil, desde las encinas hasta el lino, los higos chumbos y las vides!

Solo los naranjos y las palmeras no habían resistido, pues el aire a veces era demasiado cortante y en invierno nevaba con abundancia.

Pero Sebastiano no perdía la esperanza de hacer arraigar los naranjos, ya que el terreno también era adecuado para el zumaque y los nísperos.

Angela, sentada a la mesa, planteó una cuestión importantísima

—¿Y los ladrones? —preguntó—. ¿No podría haber un atraco?

Sebastiano sonrió. Dijo:

—Los atracos se producen donde hay dinero, y aquí no hay. Y no tememos a los ladrones. ¿No has visto a los mastines?

En efecto, había tres perros grandes de campo que comían como seis personas, y por la noche vigilaban atentamente.

—Pueden oler a los ladrones, y son capaces de masacrar una compañía de mangantes.

La casa estaba bastante bien defendida por los muros del patio y del huerto, muros tachonados de pinchos de cristales rotos.

—¡Y además! —exclamó Sebastiano, que extendió la mano hacia la pared.

El comedor, algo peculiar, como el resto de la casa, adornado con alfombras hechas de pieles de jabalí y de muflón ribeteadas con escarlata, hacía las veces de arsenal. En las paredes se cruzaban varias escopetas, arcabuces sardos, espadas, pistolas, estoques y, por último, las armas nuevas y viejas que Sebastiano había encontrado en su casa y en otros lugares.

Muchos cuernos de caza, polvorines y *leppas,* cuchillos típicos sardos de hoja larga con vainas de cuero negro, completaban la peculiar panoplia.

Lo que Sebastiano señalaba era un cuerno de caza.

—Me lo dio el mariscal del pueblo, que me dijo: «Si por casualidad nos necesita, sople».

El pueblo estaba muy cerca.

Dos días después de su llegada, Angela quiso ir a verlo. La acompañaron su padre y la joven sirvienta. Anna se quedó en San Giacomo y charló toda la tarde con la tía Mattoi (Maria Antonia), la sirvienta entrada en años, que limpiaba la harina.

—No, no hacemos pan de cebada, sino de trigo. Sale más a cuenta, no importa lo que digan —comentaba la mujer.

—¿Hacen el pan negro, quiere decir?

—Sí, por supuesto. La sémola (harina refinada) solo se utiliza para el pan del señor, quien, por cierto, no desdeña comer nuestro pan.

Y, tras alzar los ojos al cielo, mirando a través de la puerta, al borde de la cual Anna alejaba con una fronda a las gallinas que intentaban entrar en la cocina, la tía Mattoi se puso a alabar a Sebastiano. Este trabajaba todo el día con sus campesinos y llevaba una vida muy frugal: verduras, legumbres, huevos, algún que otro vaso de vino y unas tazas de café; nada más. Los platos de carne estaban formados casi siempre por la caza que él mismo obtenía o por algún pollo. La tía Mattoi hacía la pasta en casa; la sirvienta joven trabajaba, planchaba y cocinaba. En su tiempo libre, las dos sirvientas estaban ocupadas con los trabajos del campo.

—¿Es usted feliz? —preguntó Anna.

—Lisendra, la sirvienta, refunfuña a veces; sí, ya sabe, es joven, le gustaría ver a más gente, pero yo…

Una expresión de paz y serenidad brilló en los ojos de la tía Mattoi.

—Esto es el paraíso —murmuró, y su voz quedó amortiguada por el monótono ruido de la criba, que usaba hábilmente con sus manos.

De vez en cuando, la señora Maria y Lucia venían a San Giacomo para inspeccionar la casa: lo encontraban todo en perfecto orden. Ellos, los sirvientes y las sirvientas, eran personas de confianza, y era imposible que se produjera el mínimo desorden bajo el mando de Sebastiano.

—¡Tiene una gran cabeza! ¡Y un alma honrada! —exclamó la tía Mattoi, empleando, sin saberlo, la misma expresión que había usado Paolo Velèna para describir a Anna Malvas.

Por un momento, Anna se sumió en un profundo pensamiento y tuvo un sueño, entre el rumor continuo y monótono de la criba de la tía Mattoi y el cloqueo chismoso de las gallinas, que la observaban desde lejos, de reojo, con uno solo de sus ojos rojos y redondos.

—¡Salid! —dijo la tía Mattoi, que agitó las manos para ahuyentar a las gallinas.

Anna se despertó, hizo salir a las impertinentes y preguntó:

—¿Dónde se muele el grano?

—En el pueblo. Hacemos pan cada mes, y cada mes nos toca bajar allí. Es un fastidio, pero esperamos que termine pronto.

—¿Por qué?

—Porque, en cuanto los olivos empiecen a dar fruto, el señor instalará un molino de vapor (la tía Mattoi en realidad dijo «de vapora») junto al olivar, donde está el camino que va al pueblo. En invierno, molerá nuestras aceitunas y las del pueblo, y el resto del año molerá el trigo y la cebada.

—Pero ¡ya veremos si vendrán desde allí abajo! —exclamó Anna, que ya sabía todas esas cosas.

—¡Oh, vendrán, vendrán! —exclamó la tía Mattoi con una fe ciega—. También vendrán de otros pueblos, porque aquí todo estará a mitad de precio, y se hará muy rápido, mientras que allí abajo las ruedas tiradas por burros tardan días enteros en moler veinticinco litros de cereal. Cada vez que voy allí, todo el mundo me pregunta: «¿Todavía no está el molino?».

Después de una buena charla, la tía Mattoi le aseguró a Anna este hecho:

—Paolo Velèna le dio a Sebastiano el terreno de San Giacomo y el capital para cultivarlo, pero Sebastiano no recibirá nada más de la herencia de su padre.

—¡No puede ser! —exclamó Anna. Pensó que era una injusticia porque recordó los gastos de Cesario, pero la tía Mattoi le aseguró que las cosas estaban así.

—Pero todavía lo ayudan. Le mandan muchas provisiones de casa, y siempre lo ayudarán mientras el terreno produzca. Sí, le envían aceite, vino y queso. Todo lo demás ya está ahí.

—He visto una cabaña y dos pastores —dijo Anna, para comprobar cuánto sabía la tía Mattoi—. ¿Los rebaños no son del tío, entonces?

—No. Alquilaron los pastos. El señor quería comprar el rebaño, pero su padre no quiso. Créame, sale más a cuenta alquilar los pastos.

Anna se dio cuenta de que la tía Mattoi lo sabía todo, y le preguntó, sonriendo:

—¿Charla a menudo con usted, Sebastiano?

—¡Sí, ya lo creo! Yo lo llamo «hijo mío» y Lisendra dice que me quiere mucho. Si me lo permite, ¡le haré una pregunta! —exclamó la tía Mattoi.

Desde hacía dos días, había anhelado hacer esa pregunta a Anna. No había tenido el valor, pero, ahora, la amabilidad y la afabilidad de la muchacha la animaron a hacerlo.

—¡Dígame, tía Mattò!

—¿Es cierto que es usted la prometida del señor?

Anna se sonrojó; volvió la cara hacia el patio y se rio.

—¿Quién le ha dicho eso? —preguntó.

—Me lo dijo Lisendra, y yo también he visto…

—¿Qué ha visto?

—Bueno, no he visto. Entendí… ¿Me disculpará si se lo digo?

—¡Dígalo, por supuesto! —exclamó Anna, que agitó su fronda. Estaba tan alterada que las gallinas invadieron por segunda vez la cocina.

—¡Malditas gallinas! —gritó la tía Mattoi—, no me dejan en paz un momento. Salid, salid, venga, salid. Pues sí, me di cuenta. El señor no hace más que hablar de usted. Se ve claramente que piensa en usted.

Anna se levantó y ahuyentó a las gallinas, luego cerró la puerta. La tía Mattoi la miró tímidamente, como si fuera algo sagrado, y dijo:

—Ya, usted es una señora; tal vez le parezca que aquí se está mal, pero ¡le aseguro que se está muy bien!

Y, como parecía que Anna se iba a marchar, exclamó:

—¿Se ha ofendido?

—¡Claro que no, tía Mattoi!

—Entonces, ¿por qué no me responde?

—¡Mañana, mañana le responderé! —Y se fue riendo delicadamente. La tía Mattoi, aunque algo confundida por su atrevimiento, pensaba que el comportamiento de Anna le había revelado algo.

Sebastiano regresó hacia el atardecer y vio a Anna en la ventana.

—¿Cómo? —exclamó mientras se tocaba el sombrero gris de ala ancha—. ¿No has ido al pueblo?

—No.

—Entonces baja, que iremos a su encuentro: creo que estarán volviendo.

Al instante, Anna se retiró de la ventana y reapareció en lo alto de la escalinata exterior. Iba vestida de blanco, un vestido sencillo que recordaba vagamente al famoso vestidito sembrado de margaritas, inolvidable en el pasado de Anna.

Alrededor del cuello se anudó un pañuelo de seda blanca que se podría colocar en la cabeza en caso de necesidad.

—¿Vamos muy lejos? —preguntó.

—No, hasta el sendero. ¿Te has aburrido, Anna?

—Nada. He charlado con la tía Mattoi. ¡Qué buena mujer!

—Sí, es una buena mujer.

Durante un largo trecho, no dijeron nada: cruzaron el huerto, donde uno de los sirvientes regaba los surcos, y el fresco aroma de las pequeñas plantas de albahaca recordaba a la fragancia del agua y de la tierra húmeda.

Los otros dos sirvientes estaban terminando de hacer los surcos a lo largo de las hileras de vides en el viñedo. Más allá estaban las habas, y Anna las cruzó mientras Sebastiano pasaba por un lado.

Las habas altas llegaban hasta los hombros de Anna. A un lado y al otro veía una especie de mar que se mecía con la brisa. Era una ondulación silenciosa, gris plateada, donde las amapolas y las margaritas ponían unas encendidas notas vívidas; Anna recogió un ramito de flores que se puso en el cinturón.

Luego cruzaron los campos de trigo y de cebada, realmente espléndidos. Estos también tenían unos vivos brillos plateados, pero las ondulaciones ya no eran silenciosas. Las espigas, al besarse y apremiarse, susurraban una dulce canción, y el sutil murmullo tenía notas risueñas y melodiosas. ¿Cuántos poetas habían escuchado alguna vez la poesía cantada por las espigas aún verdes bajo el sol de mayo?

Más allá, en el bosque, las telas delicadas del vestido de Anna se rayaron un poco, pero ella no se percató en absoluto. Allí comenzaba un pequeño sendero a través de los prados.

Las encinas con sus hojas nuevas, las encinas en flor, se inclinaban al paso de Anna y Sebastiano.

Y el cielo parecía más azul, más diáfano, visto a través de la suave delicadeza de las hojas amarillentas.

Los pájaros escondidos cantaban al sol moribundo.

Se oía en su gorjeo el murmullo de fuentes cristalinas, el trino de guitarras lejanas. Se pensaba en un bosque perfumado que olía a ciclámenes y a hiedras mojados por el rocío fresco. Anna y Sebastiano seguían caminando, sin hablar.

Entonces, de repente, tras un pequeño atajo, se encontraron en el término del bosque, cerca de un muro bajo cubierto de hierba.

—¿Estás cansada? —preguntó Sebastiano.

Hizo sentar a la muchacha, que tenía el rostro sonrosado y estaba bastante cansada.

Él también se sentó. El sol se había puesto; por encima de las montañas lejanas, brillaban grandes bandas de oro ribeteadas de rosa; más allá del muro, crecía el joven olivo.

Los olivos todavía eran pequeños, tiernos, delicados; crecían en la ladera como vástagos, como plántulas, y tenían el color pálido y polvoriento de la ruda. Sebastiano los miró con amor y le señaló a su prima el lugar donde construiría el molino.

Reanudaron la marcha. Con la puesta de sol, la brisa había cesado, y ya se presentía la gran paz del véspero.

Hablaron de Lucia y de Cesario.

Pensaron que ambos, llevados por su ambición, tal vez habían errado la ruta de la vida, porque Lucia corría el riesgo de quedarse soltera y Cesario no parecía sentirse feliz y satisfecho.

—Y él se reía de mí, ¿te acuerdas? —exclamó Sebastiano—. Sin embargo, creo que mi futuro es mejor que el suyo. Antes de que él se convierta en profesor universitario, yo seré un hombre acaudalado. Creo que a este paso —dijo más adelante—, si Dios no interrumpe mis planes, dentro de cinco años San Giacomo producirá lo suficiente para sostener a diez familias.

—Demasiado pronto en cinco años, tal vez en diez.

Y callaron de nuevo. Sebastiano iba delante; apartaba las hierbas florecidas para facilitar el paso a Anna y no se daba la vuelta.

Ella caminaba con los ojos fijos en la lejanía; parecía que miraba hacia el sendero, por si podía vislumbrar a Angela y su tío, pero en realidad solo veía a Sebastiano, con su masculina figura de labrador de manos bronceadas y ojos llenos de sol, de fuerza, de juventud y amor.

Finalmente llegaron a su destino. Ya era un poco tarde. Comenzaba a anochecer, y al oeste el oro del atardecer se fundía en transparencias glaucas luminosas.

Allí arriba había una gran paz arcana: dulces llanuras, mares de infinita suavidad, de júbilo sin fin.

¿Sentía Sebastiano la gran poesía de aquella hora? Anna no lo sabía, pero ella sí que la sentía.

Una pequeña cancela de madera daba paso al camino, y, desde una especie de claro que cerraba un muro, la vista abarcaba las llanuras lejanas, llenas de luz y paz.

—¡No se divisan! —dijo Anna mientras miraba—. Llegaremos tarde.

—No importa. Hay luna.

Anna se apoyó en el muro y miró hacia arriba.

—¡Cuánto has trabajado, Sebastiano! —dijo, mirando el olivar—. ¿Estás contento?

Sebastiano se sentó a su lado y negó con la cabeza, pero no respondió.

—Hoy he releído todas tus cartas —continuó la muchacha, que temblaba ligeramente—. Las he traído aquí, ¿sabes?

Él seguía sin responder, y ella se quedó callada, casi confundida. Era extraño. ¿Sebastiano no encontraba nada que decirle, ahora que estaba con él? ¿Ahora que por fin quería darle la respuesta que quería?

—Sí, he trabajado y trabajaré más, más y más, ¡hasta la muerte! —exclamó al cabo de un momento, y se ruborizó por la intensa emoción—. Pero tú te marcharás y yo… ni siquiera tendré el consuelo de escribirte…

Su voz se volvía amarga, pero Anna no le dejó terminar.

—¡Me quedaré! —dijo.

Sebastiano se puso en pie de un salto, asustado por su felicidad.

Casi sin darse cuenta, atrajo a Anna hacia él y la miró intensamente a los ojos.

Anna comprendió lo mucho que él había sufrido, y con una sola frase encontró la manera de recompensarlo por todo su sufrimiento. Le dijo, simplemente:

—Te quiero.

Y así sus almas honestas se unieron para siempre.

Ático de los Libros le agradece la atención
dedicada a *Almas honestas,*
de Grazia Deledda.
Esperamos que haya disfrutado de la lectura
y le invitamos a visitarnos
en www.aticodeloslibros.com,
donde encontrará más información
sobre nuestras publicaciones.

Si lo desea, puede también seguirnos
a través de Facebook, Twitter o Instagram y suscribirse a
nuestro boletín utilizando su teléfono móvil
para leer los siguientes códigos QR:

Sobre la traductora

Elena Rodríguez es editora y traductora. Licenciada en Periodismo por la Universidad Autónoma de Barcelona, también posee un Máster en Edición por la UAB y es profesora del Máster en Edición Profesional de Taller de los Libros. Entre los autores italianos que ha traducido se encuentran Natalia Ginzburg, Umberto Eco, Gabriele Romagnoli, Ernesto Ferrero, Lorenzo Amurri, Massimo Vacchetta, Daniele Del Giudice, Sveva Casati Modignani, Anna Premoli, Loretta Napoleoni, Alberto Simone o Giovanni Dozzini.